TRANZLATY

Sprache ist für alle da

La Langue est pour tout le Monde

Die Verwandlung
La Métamorphose

Franz Kafka

Deutsch

Français

www.tranzlaty.com

Teil Eins
Première partie

Gregor Samsa erwachte eines Morgens aus unruhigen Träumen.

Gregor Samsa se réveilla un matin après des rêves agités.

Er befand sich in seinem Bett, konnte sich aber nicht bewegen.

Il se retrouva dans son lit, incapable de bouger.

Er war in ein monströses Ungeziefer verwandelt worden.

Il avait été transformé en un monstre vermineux.

Er lag auf dem Rücken, der sich hart wie eine Rüstung anfühlte.

Il était allongé sur le dos, une carapace dure comme une armure.

Indem er den Kopf ein wenig hob, konnte er seinen Bauch sehen.

En relevant légèrement la tête, il pouvait voir son ventre.

Sein Bauch aber war gewölbt und in Segmente unterteilt.

Mais son ventre était bombé et divisé en segments.

Die Decke lag auf seinem runden Bauch.

La couverture reposait sur son ventre arrondi.

Die Decke war jedoch kurz davor, ganz herunterzurutschen.

Mais la couverture était sur le point de glisser complètement.

Seine Beine wirkten im Vergleich zu ihrer üblichen Größe jämmerlich.

Ses jambes étaient pitoyables comparées à leur taille habituelle.

Und seine vielen Beine flackerten hilflos vor seinen Augen.

Et ses nombreuses pattes s'agitaient impuissantes devant ses yeux.

„Was ist nur mit mir geschehen?", dachte er bei sich.

« Que m'est-il arrivé ? » se demanda-t-il.

Aber es war kein Traum, aus dem er nicht erwachen konnte.

Mais ce n'était pas un rêve dont il ne pouvait se réveiller.

Es war tatsächlich sein eigenes Zimmer, in dem er sich wiederfand.

Il se trouvait bel et bien dans sa propre chambre.

Ein richtiges Zimmer für Menschen, aber leider etwas zu klein.

Une vraie chambre pour des humains, mais un peu trop petite.

Er lag still zwischen den vier bekannten Mauern.

Il gisait tranquillement entre les quatre murs bien connus.

Auf dem Tisch befand sich eine Sammlung von Textilmustern.

Sur la table se trouvait une collection d'échantillons de textiles.

Samsa war Handelsreisender, daher die Muster.

Samsa était un vendeur ambulant, d'où les échantillons.

Über den auseinandergenommenen Textilproben hing ein Bild.

Au-dessus des échantillons de textile désassemblés se trouvait une image.

Er hatte das Bild erst vor Kurzem aus einer Zeitschrift ausgeschnitten.

Il avait récemment découpé la photo dans un magazine.

Er hatte das Bild in einen hübschen, vergoldeten Rahmen gefasst.

Il avait placé le tableau dans un joli cadre doré.

Das gerahmte Bild zeigte eine aufrecht sitzende Dame.

Le tableau encadré représentait une dame assise bien droite.

Sie trug eine Pelzmütze und hatte einen Pelzmuff.

Elle portait un chapeau de fourrure et un manchon de fourrure.

Sie hob ihre Hand in Richtung des Betrachters des Bildes.

Elle levait la main en direction du spectateur.

Ihr ganzer Unterarm verschwand in ihrem schweren Pelzmuff.

Son avant-bras entier disparaissait dans son épais manchon de fourrure.

Gregor blickte aus dem Fenster auf das trübe Wetter.

Gregor regarda par la fenêtre le temps maussade.

Man konnte hören, wie schwere Regentropfen gegen das Fenster prasselten.

On pouvait entendre les grosses gouttes de pluie frapper la fenêtre.

Das graue Wetter stimmte ihn sehr melancholisch.

Le temps gris le rendait très mélancolique.

„Wie wäre es, wenn ich noch ein bisschen länger schlafe?", dachte er.

« Et si je dormais un peu plus longtemps ? » pensa-t-il.

"Mehr Schlaf könnte mir helfen, diesen Unsinn zu vergessen."

« Dormir davantage m'aiderait peut-être à oublier ces bêtises. »

Länger zu schlafen war jedoch völlig unmöglich.

Mais dormir plus longtemps était totalement impossible.

Weil er es gewohnt war, auf seiner rechten Seite zu schlafen.

Parce qu'il avait l'habitude de dormir sur le côté droit.

Sein aktueller Zustand schränkte jedoch seine üblichen Bewegungsfreiheiten ein.

Mais son état actuel l'empêchait d'effectuer ses mouvements habituels.

Er hatte keine Möglichkeit, in diese Lage zu gelangen.

Il n'avait aucun moyen de se retrouver dans cette situation.

Er versuchte sein Bestes, sich auf die rechte Seite zu werfen.

Il fit de son mieux pour se jeter sur son côté droit.

Er hat diese Bewegung wahrscheinlich hundertmal versucht.

Il a probablement tenté ce mouvement une centaine de fois.

Aber er kippte immer wieder in die Rückenlage zurück.

Mais il revenait toujours en position couchée sur le dos.

Er schloss die Augen, um seine unruhigen Beine nicht sehen zu müssen.

Il ferma les yeux pour ne pas voir ses jambes qui s'agitaient.

Am Ende hinderten ihn seine Schmerzen daran, es noch einmal zu versuchen.

Finalement, la douleur l'a empêché de réessayer.

Ein dumpfer Schmerz in der Seite, den er noch nie zuvor gespürt hatte.

Une douleur sourde au flanc qu'il n'avait jamais ressentie auparavant.

„Oh Gott", dachte Gregor Samsa verzweifelt bei sich.

« Oh mon Dieu », pensa désespérément Gregor Samsa.

"Was für einen anstrengenden Beruf ich mir da doch ausgesucht habe!"

« Quel métier pénible j'ai choisi ! »

„Ich muss beruflich Tag für Tag reisen."

« Je dois voyager tous les jours pour le travail. »

„Büroarbeit ist viel einfacher als die Arbeit unterwegs."

« Le travail de bureau est beaucoup plus facile que le travail sur la route. »

„Und ich habe den Fluch, ständig reisen zu müssen."

« Et j'ai la malédiction de devoir voyager constamment. »

„Die ganze Sorge, die Züge nicht rechtzeitig zu verpassen."

« Toutes ces inquiétudes liées au fait d'être à l'heure pour les trains. »

„Meine Mahlzeiten sind unregelmäßig und das Essen ist schlecht."

« Mes horaires de repas sont irréguliers et la nourriture est mauvaise. »

„Meine Freunde wechseln ständig, je nachdem, wo ich hinziehe."

« Mes amis changent constamment de ville. »

„Meine Interaktionen sind kühl und professionell."

« Mes interactions sont froides et professionnelles. »

„Sollen sich doch die Teufel mit solchen Arbeiten vergnügen!"

«Que le diable s'amuse avec ce genre de travail !»

Er verspürte ein leichtes Jucken im oberen Bereich seines Bauches.

Il ressentit une légère démangeaison en haut de l'estomac.

Er stemmte sich mit dem Rücken gegen den Bettpfosten.

Il s'appuya contre le montant du lit, le dos contre le sol.

Er wollte seinen Kopf besser heben können.

Il voulait pouvoir mieux lever la tête.

Er fand die juckende Stelle, die ihn plagte.

Il a trouvé l'endroit qui le démangeait.

Sein Kopf schien mit kleinen weißen Punkten bedeckt zu sein.

Sa tête semblait recouverte de petits points blancs.

Was diese kleinen weißen Punkte waren, konnte er nicht sagen.

Il ne pouvait pas dire ce que représentaient ces petits points blancs.

Er hatte geplant, die Stelle mit einem seiner Beine zu berühren.

Il avait prévu de toucher l'endroit avec une de ses jambes.

Doch als er die Stelle berührte, verspürte er ein seltsames Frösteln.

Mais lorsqu'il toucha l'endroit, il ressentit un étrange frisson.

Daraufhin zog er sein Bein sofort von der Stelle weg.

Il a donc immédiatement retiré sa jambe.

Ihm blieb nichts anderes übrig, als das Jucken zu ertragen.

Il n'avait d'autre choix que d'accepter cette sensation de démangeaison.

Und er kehrte in seine vorherige Position im Bett zurück.

Et il reprit sa position initiale dans le lit.

„Wer so früh aufwacht, wird echt ziemlich dumm."

«Se réveiller si tôt rend vraiment stupide.»

„Ein Mann braucht genug Schlaf", dachte er sich.

« Un homme doit dormir suffisamment », pensa-t-il.

„Die anderen Handelsreisenden leben in Luxus."

« Les autres représentants de commerce mènent une vie de luxe. »

„Morgens übermittle ich die erhaltenen Bestellungen."

« Le matin, je transfère les ordres que j'ai reçus. »

„Währenddessen frühstücken die Herren noch."

« Pendant ce temps, ces messieurs prennent encore leur petit-déjeuner. »

„Stellen Sie sich nur vor, ich würde das bei meinem Chef versuchen."

« Imaginez un peu si j'essayais de faire ça avec mon patron. »

„Er würde mich feuern, bevor ich mit dem Frühstück fertig bin."

«Il me licenciait avant même que j'aie fini mon petit-déjeuner.»

„Aber vielleicht wäre das auch nicht das Schlimmste."

« Mais ce ne serait peut-être pas le pire non plus. »

„Das Problem ist, dass meine Eltern mich zurückhalten."

«Le problème, c'est que mes parents me freinent.»

„Ohne sie hätte ich schon längst gekündigt."

« Sans eux, j'aurais déjà démissionné. »

„Ich hätte mich dem Chef entgegengestellt und es ihm gesagt."

« J'aurais tenu tête au patron et je lui aurais dit. »

„Ich würde genau sagen, was ich von ihm und der Stelle halte."

« Je dirais exactement ce que je pense de lui et de son travail. »

„Er würde vom Schreibtisch fallen, wenn ich ihm alles erzählen würde!"

« Il tomberait de son bureau si je lui racontais tout ! »

„Es ist sehr seltsam, wie er an seinem Schreibtisch sitzt."

« Sa façon de s'asseoir à son bureau est très étrange. »

„Seine Art, mit seinen Untergebenen zu sprechen, ist nicht in Ordnung."

« Sa façon de parler à ses subordonnés n'est pas correcte. »

„Und das Schlimmste ist, dass sein Gehör so schlecht ist."

« Et le pire, c'est que son ouïe est très mauvaise. »

„Sie haben also keine andere Wahl, als ganz nah bei ihm zu sitzen."

«Vous n'avez donc pas d'autre choix que de vous asseoir très près de lui.»

„Aber trotz allem ist die Hoffnung noch nicht völlig verloren."

« Cela dit, l'espoir n'est pas encore totalement perdu. »

„Ich werde das Geld sparen, um die Schulden meiner Eltern zu begleichen."

« Je vais économiser cet argent pour rembourser les dettes de mes parents. »

„Ich kann nichts tun, solange sie ihm noch Geld schulden."

« Je ne peux rien faire tant qu'ils lui doivent de l'argent. »

„Aber wenn die Schulden beglichen sind, werde ich es auf jeden Fall tun."

« Mais une fois la dette remboursée, je le ferai sans aucun doute. »

„Es wird wahrscheinlich noch fünf bis sechs Jahre dauern."

« Cela prendra probablement encore cinq à six ans. »

"Ja, dann wird die große Trennung definitiv erfolgen."

« Oui, alors la grande séparation aura certainement lieu. »

„Fürs Erste muss ich jedoch aufstehen."

« Pour le moment, je dois me lever. »

„Weil mein Zug um fünf Uhr abfährt."

« Parce que mon train part à cinq heures. »

Gregor blickte auf den tickenden Wecker auf dem Tisch.

Gregor regarda le réveil qui tic-tac sur la table.

"Himmlischer Vater!", dachte er, als er die Uhrzeit sah.

« Père céleste ! » pensa-t-il en regardant l'heure.

Halb sieben war schon still und leise vergangen.

Six heures et demie étaient déjà passées sans qu'on s'en aperçoive.

Und die Zeiger der Uhr bewegten sich immer weiter vorwärts.

Et les aiguilles de l'horloge continuaient d'avancer d'elles-mêmes.

Es war nun fast Viertel vor sieben.

Et il était presque sept heures quarante-cinq.

"Vielleicht hat der Wecker nicht geklingelt, um mich zu wecken?", dachte er.

« Peut-être que le réveil n'a pas sonné ? » pensa-t-il.

Von seinem Bett aus inspizierte Gregor den Wecker.

Depuis son lit, Gregor inspecta le réveil.

Der Wecker war korrekt auf vier Uhr eingestellt.

Le réveil était correctement réglé sur quatre heures.

Er konnte es sich nicht erklären, aber der Alarm musste losgegangen sein.

Il ne pouvait pas l'expliquer, mais l'alarme avait dû sonner.

"Wie konnte ich den Wecker verschlafen, ohne es zu merken?"

« Comment ai-je pu dormir sans m'en rendre compte après avoir entendu le réveil ? »

Wenn der Alarm losgeht, wackeln sogar die Möbel.

Quand elle sonne, l'alarme fait même trembler les meubles.

Er wusste, dass sein Schlaf alles andere als ruhig gewesen war.

Il savait que son sommeil n'avait pas été du tout paisible.

Aber vielleicht war das der Grund, warum sein Schlaf so viel tiefer war.

Mais c'est peut-être pour cela que son sommeil était beaucoup plus profond.

Er musste darüber nachdenken, was er nun tun sollte.

Il devait réfléchir à ce qu'il devait faire maintenant.

Der nächste Zug fuhr erst um sieben Uhr ab.

Le train suivant ne partait qu'à sept heures.

Diesen Zug zu erreichen, wäre nahezu unmöglich.

Prendre ce train serait quasiment impossible.

Und die benötigten Textilien hatte er noch nicht eingepackt.

Et il n'avait pas encore emporté les textiles dont il avait besoin.

Er fühlte sich auch nicht besonders frisch und agil.

Il ne se sentait pas particulièrement frais et agile non plus.

Vielleicht bestand die Möglichkeit, in den Zug einzusteigen.

Il y avait peut-être une chance de monter dans le train.

Doch ein Tadel vom Chef war so oder so unvermeidlich.

Mais une réprimande du patron était inévitable de toute façon.

Der Angestellte wäre in den Fünf-Uhr-Zug eingestiegen.

Le commis aurait pris le train de cinq heures.

Der Büroangestellte war ein willensschwaches Werkzeug des Chefs.

Le commis de bureau était une créature sans envergure, à la solde du patron.

Gregors Abwesenheit wäre also bereits gemeldet worden.

L'absence de Gregor aurait donc déjà été signalée.

„Was wäre, wenn ich mich krankmelde?", überlegte Gregor.

« Et si je me faisais porter malade ? » se demandait Gregor.

Das wäre aber äußerst peinlich und verdächtig.

Mais ce serait extrêmement embarrassant et suspect.

Gregor war in der gesamten Zeit, die er dort arbeitete, nie krank gewesen.

Gregor n'avait jamais été malade pendant la période où il avait travaillé là-bas.

Und er hatte ihnen bereits fünf Jahre Dienst geleistet.

Et il leur avait déjà consacré cinq années de service.

Die Chancen standen gut, dass der Chef vorbeikommen würde, um nach ihm zu sehen.

Il y avait de fortes chances que le patron vienne prendre de ses nouvelles.

Er würde wahrscheinlich den Arzt der Krankenversicherung mitbringen.

Il amènerait probablement le médecin de l'assurance maladie.

Und er würde die Eltern für ihren faulen Sohn verantwortlich machen.

Et il blâmait les parents pour la paresse de leur fils.

Sie könnten gegen ihn keine Einwände erheben.

Ils ne pourraient formuler aucune objection à son égard.

Denn für ihn gab es nur zwei Arten von Arbeitern.

Car pour lui, il n'y avait que deux sortes de travailleurs.

Entweder waren die Arbeiter kerngesund oder arbeitsscheu.

Soit les ouvriers étaient en parfaite santé, soit ils rechignaient à travailler.

Und läge er mit dieser grundlegenden Analyse überhaupt falsch?

Et aurait-il même tort dans cette analyse de base ?

In diesem Fall hatte er sicherlich ein starkes Argument.

Assurément, dans ce cas précis, son argument était solide.

Trotz seines Aussehens fühlte sich Gregor tatsächlich recht wohl.

Malgré son apparence, Gregor se sentait en réalité plutôt bien.

Der unnötig lange Schlaf hatte ihn etwas schläfrig gemacht.

Ce long sommeil inutile l'avait rendu un peu somnolent.

Abgesehen davon konnte er sich aber über keine Krankheit beklagen.

Mais à part ça, il ne pouvait pas se plaindre de maladie.

Er verspürte sogar einen besonders starken und gesunden Hunger.

Il ressentait même une faim particulièrement forte et saine.

Während er diesen Gedanken nachging, schlug die Uhr erneut.

Tandis qu'il nourrissait ces pensées, l'horloge sonna de nouveau.

Laut Alarm war es jetzt Viertel vor sieben.

Selon l'alarme, il était alors sept heures moins le quart.

Und nun klopfte es auch leise an der Tür.

Et maintenant, on frappa doucement à la porte.

„Gregor", rief ihm jemand zu – es war die Mutter.

« Gregor », l'appela quelqu'un – c'était sa mère.

„Es ist Viertel vor sieben", bestätigte sie den Alarm.

« Il est sept heures moins le quart », a-t-elle confirmé en entendant l'alarme.

"Wolltest du nicht gehen?", fragte die sanfte Stimme.

« Tu ne voulais pas partir ? » demanda la douce voix.

Gregor erschrak, als er seine eigene Stimme antworten hörte.

Gregor eut peur en entendant sa voix répondre.

Es war immer noch dieselbe Stimme, die er schon immer hatte.

Sa voix était toujours la même.

Doch nun mischte sich ein neuer Klang in seine Stimme.

Mais une nouvelle sonorité s'était désormais mêlée à sa voix.

Tief aus seinem Inneren entfuhr ihm auch ein schmerzhafter Schrei.

Un couinement douloureux s'échappa également du plus profond de lui.

Zunächst schien seine Stimme die Worte klar zu formen.

Au début, sa voix semblait former des mots avec clarté.

Doch dann hörte Gregor das Echo seiner Stimme in seinem Kopf.

Mais alors, Gregor entendit l'écho mental de sa voix.

Die Aufnahme seiner Stimme ist auf seltsame Weise zerbrochen.

L'enregistrement de sa voix s'est interrompu de façon étrange.

Und er war sich nicht sicher, ob er richtig gehört hatte.
Et il n'était pas sûr d'avoir bien entendu.
Gregor verspürte den starken Wunsch, eine ausführliche Antwort zu geben.
Gregor éprouvait un profond désir de donner une réponse détaillée.
Er wollte seiner Mutter alles genau erklären.
Il voulait tout expliquer clairement à sa mère.
Doch angesichts der Umstände musste er sich einschränken.
Mais, compte tenu des circonstances, il devait se limiter.
Und er antwortete viel kürzer, als er es gern getan hätte.
Et sa réponse fut beaucoup plus brève qu'il ne l'aurait souhaité.
"Ja, Mutter, keine Sorge, danke, ich bin schon wach."
"Oui maman, ne t'inquiète pas, merci, je suis déjà levée."
Die Holztür trug vermutlich dazu bei, seine Stimme zu dämpfen.
La porte en bois a probablement contribué à étouffer sa voix.
Draußen blieb die Veränderung in Gregors Stimme unbemerkt.
À l'extérieur, le changement dans la voix de Gregor est resté inaperçu.
Die Mutter schien mit seiner Erklärung zufrieden zu sein.
La mère semblait satisfaite de son explication.
Und sie ging genauso leise wieder, wie sie gekommen war.
Et elle repartit aussi discrètement qu'elle était venue.
Doch das kurze Gespräch hatte eine unerwünschte Folge.
Mais cette petite conversation a eu un effet indésirable.
Er erregte die Aufmerksamkeit der anderen Familienmitglieder.
Il a attiré l'attention des autres membres de la famille.
Gregor war noch zu Hause und nicht zur Arbeit gegangen.
Gregor était toujours chez lui et n'était pas allé travailler.
Und nun klopfte auch der Vater an die Seitentür.
Et maintenant, le père frappa lui aussi à la porte de côté.
Er klopfte schwach, aber entschlossen mit der Faust.
Il frappa faiblement, mais avec détermination, du poing.

„Gregor, Gregor", rief er, „was ist das Problem?"

« Gregor, Gregor », appela-t-il, « quel est le problème ? »

Nach einer Weile warnte er erneut, diesmal mit tieferer Stimme.

Au bout d'un moment, il avertit de nouveau d'une voix plus grave.

Doch nun klopfte die Schwester an die andere Tür.

Mais la sœur frappa alors à la porte de l'autre côté.

"Gregor? Geht es dir nicht gut?", fragte sie leise.

« Gregor ? Tu ne te sens pas bien ? » demanda-t-elle doucement.

„Brauchen Sie irgendetwas?", fragte sie besorgt.

« Avez-vous besoin de quelque chose ? » demanda-t-elle, inquiète.

Gregor antwortete beiden Seiten: „Ich bin schon fertig."

Gregor a répondu aux deux parties : « J'ai déjà terminé. »

Er hatte sich größte Mühe gegeben, alle Wörter sorgfältig auszusprechen.

Il avait fait de son mieux pour prononcer tous les mots avec soin.

Und er entfernte alles Auffällige aus seiner Stimme.

Et il a gommé tout ce qui était ostentatoire dans sa voix.

Auch der Vater schien mit der Antwort zufrieden zu sein.

Le père semblait également satisfait de la réponse.

Und er kehrte zu seinem unvollendeten Frühstück zurück.

Et il retourna à son petit-déjeuner inachevé.

Doch die Schwester flüsterte: „Gregor, mach auf, ich flehe dich an."

Mais la sœur murmura : « Gregor, ouvre la bouche, je t'en supplie. »

Doch ihre Sorge um ihn konnte ihn in keiner Weise bewegen.

Mais son inquiétude à son égard ne parvenait en rien à l'émouvoir.

Gregor hatte nicht die Absicht, ihr die Tür zu öffnen.

Gregor n'avait aucune intention de lui ouvrir la porte.

Durch seine Reisen hatte er sich einige vorsichtige Gewohnheiten angeeignet.

Ses voyages lui avaient permis d'acquérir certaines habitudes de prudence.

Und er lobte sich selbst dafür, die Türen abgeschlossen zu haben.

Et il se félicita d'avoir verrouillé les portes.

Zunächst wollte er in Ruhe und in seinem eigenen Tempo aufstehen.

Il voulait d'abord se lever tranquillement, à son propre rythme.

Und er wollte sich ungestört anziehen.

Et, sans être dérangé, il voulut s'habiller.

Nachdem er das geschafft hatte, wollte er frühstücken.

Cela étant fait, il voulut ensuite prendre son petit-déjeuner.

Erst dann wollte er die Situation weiter überdenken.

Ce n'est qu'alors qu'il a souhaité examiner la situation plus en détail.

Er wusste, dass es sinnlos war, im Bett Pläne zu schmieden.

Il savait qu'il était inutile de faire des projets au lit.

Zu einem vernünftigen Schluss zu gelangen, wäre unmöglich.

Il serait impossible de parvenir à une conclusion sensée.

Es gab schon andere Male, da war er mit leichten Schmerzen aufgewacht.

Il lui était déjà arrivé de se réveiller avec de légères douleurs.

Diese Schmerzen erwiesen sich stets als reine Einbildung.

Ces douleurs se sont toujours révélées être de pures inventions de l'imagination.

Beim Aufstehen verschwanden die Schmerzen ausnahmslos.

En me levant du lit, la douleur disparaissait invariablement.

Er war neugierig, was mit diesen Ideen geschehen würde.

Il était curieux de voir ce qu'il adviendrait de ces idées.

Die Veränderung seiner Stimme war wahrscheinlich nur auf eine Erkältung zurückzuführen.

Le changement de sa voix était probablement dû à un rhume.

Erkältungen sind für Reisende einfach ein Berufsrisiko.

Le rhume est un risque professionnel courant pour les voyageurs.

Er hatte keinen Zweifel daran, dass dies die logische Erklärung war.

Il ne doutait pas que c'était l'explication logique.

Es gelang ihm mühelos, die Decke von sich zu streifen.

Il s'est facilement dégagé de la couverture.

Er musste nur einatmen und sich aufblasen.

Il lui suffisait d'inspirer et de se gonfler.

Die Decke rutschte von seinem Körper und landete auf dem Boden.

La couverture glissa de son corps et tomba sur le sol.

Sein unglaublich breiter Körperbau erschwerte auch andere Dinge.

Son corps incroyablement large rendait d'autres choses difficiles.

Er hätte Arme und Hände gebraucht, um aufzustehen.

Il aurait eu besoin de bras et de mains pour se tenir debout.

Aber er hatte nicht mehr die Gliedmaßen, die er früher gehabt hatte.

Mais il n'avait plus les membres qu'il avait autrefois.

Anstelle von Armen und Händen hatte er viele kleine Beine.

Au lieu de bras et de mains, il avait plein de petites jambes.

Und seine Beine bewegten sich ständig, ohne dass er es kontrollieren konnte.

Et ses jambes bougeaient sans cesse, sans qu'il puisse les contrôler.

Er versuchte, ein Bein zu beugen, aber stattdessen streckte es sich.

Il a essayé de plier une jambe, mais au lieu de cela, elle s'est étirée.

Schließlich gelang es ihm, ein Bein unter seine Kontrolle zu bringen.

Il parvint finalement à contrôler une jambe.

Doch dann wurde die Bewegung der anderen Beine freigegeben.

Mais ensuite, le mouvement des autres pattes a été libéré.

Und seine Beine zuckten vor lauter Aufregung.

Et toutes ses jambes frémissaient d'excitation extrême.

Zuerst wollte er seinen Unterkörper aus dem Bett bekommen.

Il a d'abord voulu sortir le bas de son corps du lit.

Seinen Unterkörper hatte er aber noch nicht gesehen.

Mais il n'avait pas encore vu le bas de son corps.

Und es erwies sich ohnehin als zu schwierig, diesen Teil zu versetzen.

Et de toute façon, déplacer cette pièce s'est avéré trop difficile.

Schließlich wagte er mit all seiner Kraft einen waghalsigen Schritt.

Finalement, de toutes ses forces, il fit un geste audacieux.

Ohne weiter zu zögern, trat er vorwärts.

Sans plus hésiter, il s'avança.

Doch er hatte die falsche Richtung eingeschlagen.

Mais il avait choisi la mauvaise direction.

Er schlug mit voller Wucht mit dem Körper gegen den unteren Bettpfosten.

Il s'est violemment cogné le corps contre le montant inférieur du lit.

Der brennende Schmerz, den er empfand, lehrte ihn eine wertvolle Lektion.

La douleur brûlante qu'il ressentait lui a appris une précieuse leçon.

Sein Unterkörper war vielleicht empfindlicher.

La partie inférieure de son corps était peut-être plus sensible.

Also versuchte er zuerst, seinen Oberkörper aus dem Bett zu bekommen.

Il a donc commencé par sortir le haut de son corps du lit.

Er drehte seinen Kopf vorsichtig in die richtige Richtung.

Il tourna prudemment la tête dans la bonne direction.

Und schon bald lag sein Kopf am Bettrand.

Et bientôt, sa tête se retrouva face au bord du lit.

Diese vorsichtige Vorgehensweise fiel ihm tatsächlich leicht.

Ce mouvement prudent lui était en réalité facile.

Und weder seine Breite noch sein Gewicht hinderten ihn an seinen Bewegungen.

Et sa largeur et son poids ne l'empêchaient pas de se déplacer.

Die Masse seines Körpers folgte langsam der Drehung des Kopfes.

La masse de son corps suivit lentement le mouvement de sa tête.

Doch dann streckte er den Kopf über die Bettkante.

Mais ensuite, il a passé la tête au-dessus du bord du lit.

Und er sah sich einer neuen Angst gegenüber, über die er noch nicht nachgedacht hatte.

Et il dut faire face à une nouvelle peur à laquelle il n'avait pas encore pensé.

Ein weiteres Vorgehen in dieser Richtung könnte gefährlich sein.

Poursuivre dans cette voie pourrait s'avérer dangereux.

Er hatte gedacht, er würde sich einfach fallen lassen.

Il pensait qu'il allait simplement se laisser tomber.

Es wäre aber ein Wunder, wenn er sich dabei nicht am Kopf verletzen würde.

Mais ce serait un miracle s'il ne s'était pas blessé à la tête.

Jetzt war nicht der richtige Zeitpunkt, um ein Bewusstseinsverlustrisiko einzugehen.

Ce n'était pas le moment de risquer de perdre connaissance.

Vielleicht wäre es doch besser, im Bett zu bleiben.

Finalement, il vaudrait peut-être mieux rester au lit.

Doch dann musste er denselben Aufwand betreiben, um zurückzukehren.

Mais il devait ensuite faire le même effort pour revenir.

Nach all der Mühe lag er da, genau wie zuvor.

Après tous ces efforts, il était allongé là, exactement comme avant.

Und nun schienen seine Beine noch wütender zu sein als zuvor.

Et maintenant, ses jambes semblaient encore plus en colère qu'elles ne l'avaient été.

Die Bewegungen seiner Beine waren noch unkontrollierbarer geworden.

Les mouvements de sa jambe étaient devenus encore plus incontrôlables.

Er sah keinen Ausweg aus seiner Situation.

Il ne voyait aucun moyen de sortir de la situation dans laquelle il se trouvait.

Aus diesem Chaos konnte kein Frieden und keine Ordnung hergestellt werden.

Il était impossible de faire émerger la paix et l'ordre de ce chaos.

Aber er wusste, dass auch im Bett zu bleiben keine Option war.

Mais il savait que rester au lit n'était pas une option non plus.

Alles zu opfern war die vernünftigste Option.

Tout sacrifier était l'option la plus sensée.

Er klammerte sich an den kleinsten Hoffnungsschimmer, jemals wieder aufstehen zu können.

Il s'accrochait au moindre espoir de pouvoir se lever.

Wenn ihm das gelingt, hat sich das ganze Risiko gelohnt.

S'il y parvenait, tous les risques en auraient valu la peine.

Doch gleichzeitig erinnerte er sich auch an etwas anderes.

Mais il se souvenait aussi d'autre chose en même temps.

„Besser als verzweifelte Entscheidungen sind ruhige Überlegungen."

« Mieux vaut réfléchir sereinement que de prendre des décisions désespérées. »

Mit aller Kraft konzentrierte er seinen Blick auf das Fenster.

Il concentra tous ses efforts sur la fenêtre.

Doch was er sah, stimmte ihn wenig zuversichtlich und erfreute ihn nicht.

Mais ce qu'il vit ne lui insuffla guère de confiance ni de joie.

Der Morgennebel hüllte die gesamte enge Straße ein.

La brume matinale enveloppait toute la rue étroite.

Der Wecker klingelte erneut; es war nun sieben Uhr.

Le réveil sonna à nouveau ; il était maintenant sept heures.

„Es ist bereits sieben Uhr und es ist immer noch so neblig."

« Il est déjà sept heures et il y a encore un épais brouillard. »

Eine Zeitlang lag er still da und atmete nur schwach.

Il resta un moment allongé, immobile, respirant faiblement.

Vielleicht würde etwas Ruhe eine gewisse Normalität herbeiführen.

Un peu de calme permettrait peut-être de retrouver une certaine normalité.

Völliges Schweigen könnte die wahren Zustände herbeiführen.

Un silence complet pourrait engendrer les conditions réelles.

Doch bevor die Uhr erneut schlug, durchbrach er das Schweigen.

Mais avant que l'horloge ne sonne à nouveau, il rompit le silence.

Bevor die Uhr wieder schlägt, muss ich aus dem Bett sein.

«Avant que l'horloge ne sonne à nouveau, je dois être levé.»

„Ich muss bis dahin unbedingt komplett aus dem Bett sein."

« Je dois absolument être complètement levé à ce moment-là. »

„Nach Viertel nach sieben schickt das Büro jemanden."

« Après 19h15, le bureau enverra quelqu'un. »

„Weil das Büro vor sieben Uhr öffnete."

"Parce que le bureau ouvrait avant sept heures."

Und nun begann er, seinen Körper aus dem Bett zu schaukeln.

Et il commença alors à se balancer hors du lit.

Er hatte aufgehört, sich auf seinen Ober- oder Unterkörper zu konzentrieren.

Il avait cessé de se concentrer sur le haut ou le bas de son corps.

Sein ganzer Körper musste aus dem Bett herausragen.

Il fallut sortir tout son corps du lit.

Bei einem Sturz in diese Richtung sollte sein Kopf geschützt sein, dachte er.

Tomber de cette façon devrait protéger sa tête, pensa-t-il.

Er hatte geplant, den Kopf zu heben, sobald er auf dem Boden aufschlug.

Il avait prévu de relever la tête lorsqu'il toucherait le sol.

Sein Rücken schien hart genug für den Aufprall zu sein.
Son dos semblait suffisamment robuste pour encaisser le choc.
Und der Teppich diente dazu, die Landung abzufedern.
Et le tapis était là pour amortir l'atterrissage.
Seine größte Sorge galt jedoch dem Lärm.
Ce qui le préoccupait le plus, cependant, c'était le bruit assourdissant.
Das krachende Geräusch würde alle im Haus erschrecken.
Le bruit fracassant effrayerait tous les occupants de la maison.
Vielleicht hätten sie keine Angst vor dem lauten Lärm.
Peut-être que le bruit fort ne les terrifierait pas.
Aber sie wären mit Sicherheit besorgt, wenn sie davon hörten.
Mais ils seraient certainement inquiets s'ils l'apprenaient.
Man musste aber das Risiko eingehen, Aufmerksamkeit zu erregen.
Mais il fallait prendre le risque d'attirer l'attention.
Die neue Methode war eher ein Spiel als eine Anstrengung.
La nouvelle méthode s'apparentait davantage à un jeu qu'à un effort.
Er musste seinen Körper in plötzlichen und ruckartigen Bewegungen hin und her wiegen.
Il devait balancer son corps par mouvements brusques et saccadés.
Gregor war schon halb aus dem Bett aufgestanden.
Gregor était déjà à moitié sorti du lit.
Nun kam ihm gerade ein neuer Gedanke.
Une nouvelle idée venait de lui traverser l'esprit.
„Es wäre alles so einfach, wenn mir jemand zu Hilfe käme."
« Tout serait si facile si quelqu'un venait à mon secours. »
„Zwei kräftige Personen würden völlig ausreichen."
« Deux personnes fortes suffiraient amplement. »
Sein Vater und das Dienstmädchen wären stark genug.
Son père et la servante seraient assez forts.
Sie müssten nur ihre Arme unter seinen Rücken schieben.
Il leur suffirait de glisser leurs bras sous son dos.
Und dann könnten sie ihn ganz leicht aus dem Bett ziehen.

Et ensuite, ils pourraient facilement le sortir du lit.

Vielleicht hätten sie sein Gewicht langsam reduzieren müssen.

Peut-être auraient-ils dû réduire son poids progressivement.

Hoffentlich hätten die Beine dann ihren Zweck gefunden.

Alors, espérons-le, les jambes auraient trouvé leur utilité.

Wäre es nicht letztendlich besser, um Hilfe zu rufen?

« Ne serait-il pas préférable, après tout, de demander de l'aide ? »

Das Problem war natürlich, dass er die Türen abgeschlossen hatte.

Le problème, bien sûr, c'est qu'il avait verrouillé les portes.

Irgendwie hatte der Gedanke etwas, das ihn amüsierte.

Il y avait quelque chose dans cette idée qui le chatouillait.

Und trotz seiner Notlage konnte er sich ein Lächeln nicht verkneifen.

Et malgré ses difficultés, il ne put réprimer un sourire.

Er war schon kurz davor, das Gleichgewicht zu verlieren.

Il était déjà sur le point de perdre l'équilibre.

Mit jedem Schwung kam er dem Umkippen vom Bett näher.

Chaque balancement le rapprochait un peu plus du moment où il basculerait du lit.

Bald musste er die endgültige Entscheidung treffen.

Il allait bientôt devoir prendre la décision finale.

In fünf Minuten würde es Viertel nach sieben sein.

Dans cinq minutes, il serait sept heures et quart.

Während er diesen Gedanken nachging, klingelte es an der Tür.

Tandis qu'il était plongé dans ces pensées, la sonnette retentit.

„Das ist jemand aus dem Büro", sagte er zu sich selbst.

« C'est quelqu'un du bureau », se dit-il.

Und er erstarrte fast vor Angst angesichts des Besuchers.

Et il fut presque paralysé de peur à cause du visiteur.

Seine Beine tanzten noch wilder als zuvor.

Ses jambes s'agitaient encore plus sauvagement qu'auparavant.

Doch dann herrschte einen Moment lang Stille.

Mais ensuite, pendant un instant, tout resta silencieux.

„Sie werden die Tür nicht öffnen", sagte Gregor zu sich selbst.

« Ils n'ouvriront pas la porte », se dit Gregor.

Er war noch immer einer sinnlosen Hoffnung verfallen.

Il était encore prisonnier d'un espoir insensé.

Doch dann ging das Dienstmädchen natürlich zur Tür.

Mais ensuite, bien sûr, la bonne s'est dirigée vers la porte.

Und wie immer öffnete sie dem Besucher die Tür.

Et, comme toujours, elle ouvrit la porte au visiteur.

Gregor brauchte nur die erste Begrüßung des Besuchers zu hören.

Gregor n'avait besoin d'entendre que les premiers mots de bienvenue du visiteur.

Er konnte sofort erkennen, wer ihn gesucht hatte.

Il a tout de suite compris qui était venu le chercher.

Der Hauptschreiber selbst war gekommen, um nach Samsa zu sehen.

Le chef de bureau en personne était venu prendre des nouvelles de Samsa.

Warum war Gregor der Einzige, der zu diesem Schicksal verurteilt wurde?

Pourquoi Gregor était-il le seul à être condamné à un tel sort ?

Warum musste ausgerechnet er in einer solchen Organisation dienen?

Pourquoi lui seul a-t-il dû servir dans une telle organisation ?

Das geringste Versehen weckte sofort Misstrauen.

Le moindre oubli éveillait immédiatement les soupçons.

Waren alle Angestellten, die dort arbeiteten, Schurken?

Tous les employés qui travaillaient là-bas étaient-ils des scélérats ?

Gab es denn keinen treuen und ergebenen Menschen unter ihnen?

N'y avait-il donc parmi eux aucune personne fidèle et dévouée ?

Hätten sie nicht einfach einen Lehrling schicken können?

N'auraient-ils pas pu simplement envoyer un apprenti ?

War diese ganze Infragestellung überhaupt notwendig?
Toutes ces interrogations étaient-elles vraiment nécessaires ?
Musste der Bevollmächtigte persönlich erscheinen?
Le représentant autorisé devait-il se déplacer en personne ?
Musste wirklich die gesamte unschuldige Familie informiert werden?
Fallait-il vraiment informer toute la famille innocente ?
All diese Überlegungen veranlassten Gregor zum Handeln.
Toutes ces considérations ont poussé Gregor à agir.
Er schwang sich mit aller Kraft aus dem Bett.
Il se hissa hors du lit de toutes ses forces.
Es gab einen lauten Knall, aber es war eigentlich kein richtiges Geräusch.
Il y a eu une forte détonation, mais ce n'était pas vraiment un bruit.
Der Fall wurde durch den Teppich etwas abgemildert.
La chute avait été légèrement amortie par le tapis.
Sein Rücken war elastischer, als Gregor angenommen hatte.
Son dos était plus élastique que Gregor ne l'avait imaginé.
Der Klang war also dumpfer und nicht so auffällig.
Le son était donc plus sourd et moins perceptible.
Doch er hatte seinen Kopf während des Sturzes nicht geschützt.
Mais il n'avait pas fait attention à sa tête pendant sa chute.
Und als er auf den Boden aufschlug, schlug er auch mit dem Kopf auf.
Et lorsqu'il a touché le sol, il s'est aussi cogné la tête.
Er rieb sich vor Wut und Schmerz den Kopf am Teppich.
Il se frotta la tête sur le tapis, en colère et souffrant.
Der Manager im Nachbarzimmer hörte jedoch den Lärm.
Mais le gérant, qui se trouvait dans la pièce d'à côté, a entendu le bruit.
„Da ist etwas hineingefallen", stellte er richtig fest.
« Quelque chose est tombé là-dedans », a-t-il observé avec justesse.
Gregor versuchte, sich den Manager in seine Lage zu versetzen.

Gregor essaya d'imaginer le manager dans sa situation.

„Könnte ihm dasselbe passieren?", fragte er sich.

« La même chose pourrait-elle lui arriver ? » se demanda-t-il.

Er akzeptierte, dass dieses seltsame Ereignis möglich sein könnte.

Il a admis que cet étrange événement pouvait être possible.

Und dann ging der Hauptsekretär ein paar Schritte in den Raum.

Puis le chef de bureau fit quelques pas vers la pièce.

Es war fast schon eine plumpe Antwort auf seine Frage.

C'était presque une réponse grossière à la question qu'il avait posée.

Seine Lederstiefel knarrten, als er sich der Tür näherte.

Ses bottes en cuir grinçaient lorsqu'il s'approcha de la porte.

Aus dem Zimmer zu seiner Rechten flüsterte ihm seine Magd zu.

Depuis la pièce située à sa droite, sa servante lui chuchota quelque chose.

„Gregor, der Bevollmächtigte, ist hier."

"Gregor, le représentant autorisé est ici."

„Ich weiß", sagte Gregor, aber nur leise zu sich selbst.

« Je sais », dit Gregor, mais seulement à voix basse pour lui-même.

Er wagte es nicht, seine Stimme lauter als ein Flüstern zu erheben.

Il n'osait pas élever la voix au-dessus d'un murmure.

Weil Gregor nicht wollte, dass seine Schwester ihn hörte.

Parce que Gregor ne voulait pas que sa sœur l'entende.

„Gregor", sagte der Vater aus dem Zimmer links.

« Gregor », dit le père depuis la pièce de gauche.

Der Manager ist gekommen, um nach dem Rechten zu sehen.

«Le responsable est venu vérifier quel est le problème.»

„Er fragte, warum du nicht den frühen Zug genommen hast."

« Il vous a demandé pourquoi vous n'aviez pas pris le premier train. »

„Wir wissen nicht, was wir ihm sagen sollen", sagte der Vater.

« Nous ne savons pas quoi lui dire », a déclaré le père.

„Übrigens möchte er auch persönlich mit Ihnen sprechen."

« D'ailleurs, il souhaite également vous parler personnellement. »

„Bitte öffnen Sie die Tür, damit er mit Ihnen sprechen kann."

« Veuillez ouvrir la porte, afin qu'il puisse vous parler. »

„Er wird so freundlich sein, das Chaos im Zimmer zu entschuldigen."

« Il aura la gentillesse d'excuser le désordre dans la chambre. »

"Guten Morgen, Herr Samsa", rief ihm der Manager zu.

« Bonjour, Monsieur Samsa », lui lança le directeur.

Und er sprach ganz gewiss in freundlicher Weise mit ihm.

Et il lui a certainement parlé de manière amicale.

„Es geht ihm nicht gut", sagte die Mutter zum Manager.

« Il ne se sent pas bien », dit la mère au gérant.

„Es geht ihm überhaupt nicht gut, glauben Sie mir, lieber Manager."

« Il ne va pas bien du tout, croyez-moi, cher manager. »

"Warum sonst sollte Gregor den Morgenzug verpassen?"

« Sinon, pourquoi Gregor aurait-il raté le train du matin ? »

„Der Junge hat nichts anderes im Kopf als das Geschäft."

«Le garçon ne pense qu'à ses affaires.»

„Es ärgert mich fast, dass er nichts anderes tut."

« Cela m'agace presque qu'il ne fasse rien d'autre. »

„Ich wünschte, er würde abends an die frische Luft gehen."

« J'aimerais qu'il sorte le soir pour prendre l'air. »

„Er war acht Tage geschäftlich in der Stadt."

« Il était en ville pendant huit jours pour affaires. »

„Aber er war ja jeden dieser Abende zu Hause."

« Mais il était chez lui tous les soirs. »

„Er sitzt an unserem Tisch und liest die Zeitung."

«Il s'assoit à notre table et lit le journal.»

„Manchmal studiert er auch die Fahrpläne der Züge."

« À d'autres moments, il étudie les horaires des trains. »

„Manchmal beschäftigt er sich mit Tischlerarbeiten.“

«Il lui arrive de s'occuper en faisant de la menuiserie.»

„Zum Beispiel schnitzte er einen kleinen Bilderrahmen aus Holz.“

« Par exemple, il a sculpté un petit cadre photo en bois. »

„An zwei oder drei Abenden war er mit der Säge beschäftigt.“

« Pendant deux ou trois soirées, il était occupé avec la scie. »

„Sie werden staunen, wie hübsch der Bilderrahmen ist.“

«Vous serez étonné(e) de voir à quel point le cadre photo est joli.»

„Er hat den Bilderrahmen in seinem Zimmer aufgehängt.“

«Il a accroché le cadre photo dans sa chambre.»

„Wenn er die Tür öffnet, werden Sie seine Holzarbeiten sehen.“

« Quand il ouvrira la porte, vous verrez ses boiseries. »

„Übrigens freut es mich, dass Sie hier sind, Herr Prokurist.“

« Au fait, je suis ravi que vous soyez ici, Monsieur Prokurist. »

„Wir allein hätten Gregor nicht dazu bringen können, die Tür zu öffnen.“

« Nous n'aurions pas pu, à nous seuls, forcer Gregor à ouvrir la porte. »

„Er ist so stur“, gestand seine Mutter dem Angestellten.

« Il est tellement têtu », a avoué sa mère au vendeur.

„Er ist ganz sicher krank, obwohl er das vorher bestritten hat.“

« Il est certainement malade, même s'il l'a nié auparavant. »

„Ich komme gleich“, sagte Gregor langsam und bedächtig.

« J'arrive tout de suite », dit Gregor lentement et prudemment.

Doch er machte keine Anstalten, sich der Tür des Zimmers zuzuwenden.

Mais il ne fit aucun mouvement vers la porte de la pièce.

Er wollte kein Wort des Gesprächs verpassen.

Il ne voulait pas perdre un seul mot de la conversation.

Der Hauptsekretär stimmte der Einschätzung der Mutter zu.

Le chef de bureau a approuvé l'évaluation de la mère.

"Ich kann es Ihnen auch nicht anders erklären, Madam."

« Je ne peux pas l'expliquer autrement non plus, madame. »

„Hoffen wir alle, dass er keine schwere Krankheit hat", sagte er.

« Espérons tous qu'il ne souffre d'aucune maladie grave », a-t-il déclaré.

„Andererseits stellt es eine Gefahr in unserer Branche dar."

« D'un autre côté, c'est un risque pour notre secteur. »

„Wir Geschäftsleute müssen oft Unannehmlichkeiten überwinden."

« Nous, les hommes d'affaires, devons souvent surmonter un certain malaise. »

„Profis müssen leichte Schmerzen einfach aushalten."

« Les professionnels doivent simplement faire abstraction des petites douleurs. »

Währenddessen klopfte sein Vater erneut an die andere Tür.

Pendant ce temps, son père frappa de nouveau à l'autre porte.

„Kann der Hauptsekretär jetzt hereinkommen?", wollte er wissen.

« Le chef de bureau peut-il entrer maintenant ? » demanda-t-il.

"Nein, das kann er nicht", antwortete Gregor auf die Frage seines Vaters.

« Non, il ne peut pas », répondit Gregor à la question de son père.

Im Raum links von uns herrschte betretenes Schweigen.

Un silence gênant s'installa dans la pièce de gauche.

Im Zimmer rechts begann die Schwester zu schluchzen.

Dans la pièce de droite, la sœur se mit à sangloter.

Warum war die Schwester nicht zu den anderen gegangen?

Pourquoi la sœur n'était-elle pas partie rejoindre les autres ?

Sie war wahrscheinlich gerade erst aufgestanden, dachte er.

Elle venait probablement de se lever, pensa-t-il.

Vielleicht hatte sie noch gar nicht angefangen, sich anzuziehen.

Elle n'a peut-être même pas encore commencé à s'habiller.

Gregor aber verstand nicht, warum sie weinte.

Mais Gregor ne comprenait pas pourquoi elle pleurait.

Lag es daran, dass er nicht aufgestanden war und den Manager hereingelassen hatte?

Était-ce parce qu'il ne s'était pas levé pour laisser entrer le directeur ?

Lag es daran, dass er Gefahr lief, seinen Job zu verlieren?

Était-ce parce qu'il risquait de perdre son emploi ?

Könnte der Chef wie früher gegen die Eltern vorgehen?

Le patron pourrait-il s'en prendre aux parents comme avant ?

Würde er seine alten Forderungen an sie wiederholen?

Allait-il leur formuler à nouveau les mêmes exigences qu'auparavant ?

Diese Dinge waren wahrscheinlich unnötig.

Il n'y avait probablement pas lieu de s'inquiéter de ces choses-là.

Im Moment hatte sie keinen Grund zu weinen.

Pour le moment, elle n'avait aucune raison de pleurer.

Gregor war noch da und sorgte für seine Familie.

Gregor était toujours là, subvenant aux besoins de sa famille.

Und er hatte nie die Absicht, die Familie zu verlassen.

Et il n'a jamais eu l'intention de quitter sa famille.

Im Moment lag er einfach nur da auf dem Teppich.

Pour le moment, il restait simplement allongé là, sur le tapis.

Die Familie wusste nichts von seinem Zustand.

La famille ignorait son état.

Hätten sie das gewusst, hätten sie seinen Chef nicht ermutigt.

S'ils avaient su, ils n'auraient pas encouragé son patron.

Sie hätten nicht einmal den Manager ins Haus gelassen.

Ils n'auraient même pas laissé entrer le gérant.

Ihn abzuweisen wäre nicht besonders unhöflich gewesen.

Le refouler n'aurait pas été particulièrement impoli.

Er hätte später problemlos eine passende Ausrede finden können.

Il aurait facilement pu trouver une excuse convenable plus tard.

Dafür hätte er nicht entlassen werden können.

Ce n'était pas un motif de licenciement.

Gregor war der Ansicht, dass es jetzt vernünftiger wäre, allein gelassen zu werden.

Gregor pensait qu'il serait plus judicieux de le laisser tranquille désormais.

Ihn durch Weinen und Reden zu stören, brachte wenig.

Le déranger en pleurant et en parlant n'a pas beaucoup aidé.

Doch die anderen beunruhigte die Ungewissheit.

Mais c'était l'incertitude qui inquiétait les autres.

Und genau diese Unsicherheit entschuldigte ihr Verhalten.

Et c'est cette incertitude qui a excusé leur comportement.

„Herr Samsa!", rief der Manager mit erhobener Stimme.

« Monsieur Samsa », appela le directeur d'une voix forte.

„Was ist los mit dir?", wollte er wissen.

« Qu'est-ce qui se passe avec toi ? » a-t-il voulu savoir.

„Du hast dich in deinem Zimmer verbarrikadiert."

« Tu t'es barricadé dans ta chambre. »

„Sie antworten nur mit ‚Ja' oder ‚Nein'."

«Vous ne pouvez répondre que par «oui» ou «non».»

„Du bereitest deinen Eltern große Sorgen."

«Vous causez de sérieux soucis à vos parents.»

„Ich sehe keinen guten Grund, warum Sie sie beunruhigen sollten."

« Je ne vois pas de bonne raison de les inquiéter. »

„Es gibt da noch eine Sache, die ich nebenbei erwähnen möchte."

« Il y a une autre chose que je mentionnerai en passant. »

„Sie vernachlässigen auch Ihre geschäftlichen Pflichten uns gegenüber."

«Vous négligez également vos obligations professionnelles envers nous.»

„Eine solche Verantwortungslosigkeit entspricht so gar nicht Ihrem Charakter."

« Une telle irresponsabilité ne vous ressemble pas du tout. »

„Ich spreche hier im Namen Ihrer Eltern und Ihres Chefs."

« Je parle ici au nom de vos parents et de votre patron. »

„Und ich bitte Sie um eine sofortige und klare Erklärung."

« Et je vous demande une explication immédiate et claire. »

„Das Ganze erstaunt mich wirklich, das muss ich sagen."

« Je dois dire que tout cela m'étonne vraiment. »

„Ich dachte, ich kenne dich als ruhigen und vernünftigen Menschen."

« Je pensais vous connaître comme une personne calme et raisonnable. »

„Aber jetzt zeigst du uns eine andere Seite von dir."

« Mais maintenant, tu nous montres une autre facette de toi. »

„Plötzlich zeigst du deine ganz eigenen Launen."

«Vous faites soudain preuve de vos caprices très particuliers.»

„Aber es könnte eine Erklärung für Ihr Scheitern geben."

« Mais il pourrait y avoir une explication à votre échec. »

„Der Chef erwähnte eine Forderung, die Sie für uns eingetrieben hatten."

« Le patron a mentionné une dette que vous aviez recouvrée pour nous. »

"Ich habe dem Chef in Ihrem Namen mein Ehrenwort gegeben."

« J'ai donné ma parole d'honneur au patron en votre nom. »

„Aber jetzt sehe ich deine unverständliche Sturheit."

« Mais maintenant je vois votre obstination incompréhensible. »

"Vielleicht verliere ich auch noch jegliche Lust, dir überhaupt zu helfen."

« Je pourrais encore perdre toute envie de vous aider. »

„Ihre Arbeitsplatzsicherheit ist keineswegs völlig stabil."

«Votre sécurité d'emploi n'est en aucun cas totalement stable.»

„Eigentlich wollte ich euch das alles unter vier Augen erzählen."

« À l'origine, je comptais vous dire tout cela en privé. »

„Aber jetzt sehe ich, dass Sie wollen, dass ich hier meine Zeit verschwende."

« Mais maintenant je vois que vous voulez que je perde mon temps ici. »

„Ich sehe also keinen Grund, warum deine Eltern das nicht wissen sollten."

«Je ne vois donc aucune raison pour que vos parents ne le sachent pas.»

„Ihre Leistungen in letzter Zeit waren nicht zufriedenstellend."

«Vos récentes performances n'ont pas été satisfaisantes.»

„Ich räume ein, dass die Verkäufe zu dieser Jahreszeit langsamer laufen."

« Je reconnais que les ventes sont plus lentes à cette période de l'année. »

„Aber es gibt keine Jahreszeit, in der es keine Verkäufe gibt."

« Mais il n'y a pas de période de l'année où il n'y a pas de ventes. »

Für einen Moment vergaß Gregor alles um sich herum.

Pendant un instant, Gregor oublia tout ce qui l'entourait.

„Aber Herr Prokurist!", rief Gregor verzweifelt aus.

« Mais Monsieur Prokurist ! » s'écria Gregor, désespéré.

"Ich öffne die Tür sofort, jetzt gleich, keine Sorge."

« J'ouvre la porte tout de suite, maintenant, ne vous inquiétez pas. »

„Das Problem ist, dass ich mich ziemlich unwohl fühle."

«Le problème, c'est que je ne me sens pas très bien.»

„Mir war schwindelig, deshalb konnte ich die Tür nicht erreichen."

« Mes vertiges m'ont empêché d'atteindre la porte. »

„Ich liege zwar noch im Bett, aber es geht mir schon viel besser."

« Je suis encore au lit, mais je me sens beaucoup mieux. »

"Einen Moment bitte, ich stehe gerade erst auf."

«Un instant, s'il vous plaît, je viens de me lever.»

"Einen Moment Geduld, Herr Prokurist, ist alles, worum ich bitte."

« Un instant de patience, c'est tout ce que je vous demande, Monsieur Prokurist. »

„Es läuft nicht so gut, wie ich dachte, aber ich werde es schon schaffen."

« Ça ne se passe pas aussi bien que je le pensais, mais ça ira. »

"Wie kann so etwas einem Menschen so schnell passieren?"
« Comment une telle chose peut-elle arriver à une personne aussi rapidement ? »
„Mir ging es gestern Abend gut, das wissen meine Eltern."
« Je me sentais bien hier soir, mes parents le savent. »
„Aber vielleicht hatte ich damals schon eine kleine Vorahnung."
« Mais peut-être avais-je déjà un petit pressentiment à ce moment-là. »
„Man könnte sich fragen, warum ich es nicht im Büro gemeldet habe."
«Vous pourriez vous demander pourquoi je ne l'ai pas signalé au bureau.»
„Ich dachte, ich würde mich morgen früh wieder viel besser fühlen."
« Je pensais que je me sentirais beaucoup mieux demain matin. »
„Man denkt immer, dass sie die Krankheit bis dahin besiegt haben werden."
« On pense toujours qu'ils auront vaincu la maladie d'ici là. »
„Aber bitte! Verschonen Sie meine Eltern vor diesen Anschuldigungen!"
« Mais je vous en prie ! Épargnez mes parents de ces accusations ! »
„Mir wurde kein Wort von dem erzählt, was Sie mir erzählt haben."
« On ne m'a pas dit un mot de ce que vous m'avez dit. »
„Sie haben möglicherweise die letzten von mir versandten Befehle nicht gelesen."
« Il se peut que vous n'ayez pas lu les dernières commandes que j'ai envoyées. »
„Übrigens, du brauchst dir heute keine Sorgen um mich zu machen."
« Au fait, vous n'avez pas à vous inquiéter pour moi aujourd'hui. »
„Ich werde trotzdem den Zug um acht Uhr nehmen."
«Je vais quand même prendre le train de huit heures.»

„Die wenigen Stunden Ruhe haben mich ausreichend
gestärkt."
« Ces quelques heures de repos m'ont suffisamment revigoré.
»
"Sie müssen wirklich nicht warten, Manager."
« Vous n'avez vraiment pas besoin d'attendre, manager. »
„Auch ich werde schon bald im Büro sein."
« Moi aussi, je serai bientôt au bureau. »
"Und bitte seien Sie so freundlich, ein gutes Wort für mich
einzulegen."
« Et s'il vous plaît, ayez la gentillesse de dire un mot en ma
faveur. »
Gregor hatte seine Erklärung recht hastig vorgetragen.
Gregor avait donné son explication assez précipitamment.
Er wusste selbst kaum, was er eigentlich sagen wollte.
Il ne savait pas vraiment ce qu'il essayait de dire.
Er ging zu der Kiste und versuchte, sich daran
hochzuziehen.
Il s'est approché de la boîte et a essayé de s'en servir pour se
lever.
Er hatte wirklich die feste Absicht, die Tür zu öffnen.
Il avait vraiment l'intention d'ouvrir la porte.
Er wollte vom Bevollmächtigten empfangen werden.
Il souhaitait être reçu par le représentant autorisé.
Und er wollte das Problem persönlich mit ihm lösen.
Et il voulait régler le problème avec lui personnellement.
Er war gespannt darauf, wie die anderen auf ihn reagieren
würden.
Il était impatient de savoir comment les autres réagiraient à
son égard.
Sie sind bestimmt inzwischen auch gespannt darauf, wie es
ihm geht.
Ils doivent maintenant être impatients de savoir comment il
va.
Es gab zwei mögliche Arten, wie sie auf ihn reagieren
konnten.

Il y avait deux façons possibles dont ils pouvaient réagir face à lui.

Eine Möglichkeit war, dass sie Angst bekommen würden.
Une possibilité était qu'ils aient peur.
Wenn sie Angst hatten, dann trug er keine Verantwortung.
S'ils avaient peur, alors il n'en était pas responsable.
Und dann müsste er sich keine Sorgen mehr um die Situation machen.
Et alors, il n'aurait plus à s'inquiéter de la situation.
Es gab aber auch noch eine andere Möglichkeit, die man in Betracht ziehen musste.
Mais il y avait aussi une autre possibilité à envisager.
Vielleicht würden sie ihn so, wie er war, einfach hinnehmen.
Peut-être accepteraient-ils sereinement sa personnalité.
Dann hätte auch Gregor keinen Grund, sich aufzuregen.
Gregor n'aurait alors aucune raison de se fâcher non plus.
Es bliebe noch genügend Zeit, den Zug zu erreichen.
Il y aurait encore assez de temps pour prendre le train.
Das Aufrechtstehen war jedoch alles andere als einfach.
Cependant, se tenir debout n'était pas une tâche facile.
Bei seinen ersten Versuchen rutschte er von der Kiste ab.
Lors de ses premières tentatives, il a glissé hors de la boîte.
Die Kiste war zu glatt, als dass er sich dagegen stemmen konnte.
La boîte était trop lisse pour qu'il puisse s'y appuyer.
Und schließlich gab er sich noch einen letzten Anstoß, um aufzustehen.
Et finalement, il se donna un dernier effort pour se relever.
Er schenkte den Schmerzen in seinem Bauch keine Beachtung mehr.
Il ne prêta plus attention à la douleur qu'il ressentait à l'abdomen.
Egal wie groß der Schmerz sein würde, er würde es durchstehen.
Peu importe l'intensité de la douleur, il la surmonterait.

**Er ließ sich gegen die Lehne eines nahegelegenen Stuhls
fallen.**

Il se laissa tomber contre le dossier d'une chaise voisine.

Und er hielt sich mit seinen kleinen Beinchen am Rand fest.

Et il s'accrochait aux bords avec ses petites jambes.

Zu diesem Zeitpunkt hatte er sich besser im Griff.

À ce stade, il avait repris le contrôle de lui-même.

Und sein Fall war stiller als der vorherige.

Et sa chute fut plus silencieuse que la précédente.

Weil er dem Manager zuhören musste.

Parce qu'il devait écouter ce que disait le manager.

**„Habt ihr irgendetwas davon verstanden?", fragte er die
Eltern.**

« Avez-vous compris quelque chose à tout cela ? » demanda-t-
il aux parents.

"Er würde uns doch nicht zum Narren halten, oder?"

« Il ne se moquerait pas de nous, n'est-ce pas ? »

„Um Gottes Willen!", rief die Mutter und weinte bereits.

« Pour l'amour de Dieu ! » s'écria la mère, déjà en larmes.

„Er könnte schwer krank sein und wir quälen ihn."

« Il est peut-être gravement malade et nous le tourmentons. »

"Grete! Grete!", schrie sie ihrer Tochter zu.

« Grete ! Grete ! » cria-t-elle à sa fille.

„Mutter?", rief die Schwester von der anderen Seite.

« Maman ? » appela la sœur de l'autre côté.

Dann kommunizierten sie durch Gregors Zimmer.

Ils ont ensuite communiqué par l'intermédiaire de la chambre
de Gregor.

„Gregor ist sehr krank und braucht Medikamente."

« Gregor est très malade et il a besoin de médicaments. »

„Sie müssen sofort zum Arzt gehen."

«Vous devrez aller chez le médecin immédiatement.»

Hast du gehört, wie Gregor eben gesprochen hat?

« Tu as entendu comment Gregor parlait tout à l'heure ? »

„Das war die Stimme eines Tieres", sagte der Manager.

« C'était la voix d'un animal », a déclaré le gérant.

Seine Worte waren leise im Vergleich zu den Schreien der Mutter.

Ses paroles étaient douces comparées aux cris de la mère.

"Anna! Anna!", rief der Vater durch das Vorzimmer.

« Anna ! Anna ! » appela le père depuis l'antichambre.

Und er klatschte in die Hände, um ihre Aufmerksamkeit zu erregen.

Et il a claqué des mains pour attirer leur attention.

"Holt sofort einen Schlüsseldienst!", befahl er dem Dienstmädchen.

« Appelez immédiatement un serrurier ! » ordonna-t-il à la bonne.

Die Mädchen rannten in ihren Röcken durch das Vorzimmer.

Les filles, en jupes, traversèrent l'antichambre en courant.

Und ihre Röcke raschelten, als sie an seinem Zimmer vorbeiliefen.

Et leurs jupes bruissaient lorsqu'elles passèrent en courant devant sa chambre.

„Wie konnte sich die Schwester so schnell anziehen?", dachte er.

« Comment sa sœur a-t-elle fait pour s'habiller si vite ? » se demanda-t-il.

Die Tür war aufgerissen, aber nicht zugeschlagen.

La porte a été arrachée, mais elle n'a pas été claquée.

Dies kommt häufig in Haushalten vor, in denen ein großes Unglück geschieht.

C'est fréquent dans les maisons où survient un grand malheur.

All das hatte Gregor jedoch deutlich ruhiger gemacht.

Mais tout cela avait considérablement apaisé Gregor.

Als er seine eigenen Worte hörte, erschienen sie ihm klar.

Quand il entendait ses propres paroles, elles lui paraissaient claires.

Tatsächlich war er der Ansicht, seine Worte seien eigentlich klarer gewesen.

En fait, il estimait que ses paroles avaient été plus claires.

Die anderen aber verstanden nicht mehr, was er sagte.

Mais les autres ne comprenaient plus ce qu'il disait.

Vielleicht hatte er sich inzwischen an seine Ohren gewöhnt.

Peut-être s'était-il habitué à ses oreilles à ce moment-là.

Aber zumindest verstanden sie seine Situation jetzt besser.

Mais au moins, ils comprenaient maintenant mieux sa situation.

Sie erkannten, dass mit ihm tatsächlich etwas nicht stimmte.

Ils se sont rendu compte qu'il y avait vraiment quelque chose qui n'allait pas chez lui.

Und sie taten nun alles, was sie konnten, um ihm zu helfen.

Et ils faisaient maintenant tout leur possible pour l'aider.

Dies gab Gregor ein Gefühl des Selbstvertrauens, das ihm gefehlt hatte.

Cela redonna à Gregor un sentiment de confiance qui lui manquait.

Und er fühlte sich in der Familie wieder viel sicherer.

Et il se sentait de nouveau beaucoup plus en sécurité au sein de sa famille.

Er hatte das Gefühl, wieder in den menschlichen Kreis aufgenommen zu sein.

Il avait le sentiment d'être à nouveau intégré au cercle humain.

Nun musste er hoffen, dass der Schlüsseldienst die Tür öffnen konnte.

Il ne lui restait plus qu'à espérer que le serrurier puisse ouvrir la porte.

Und er hoffte, der Arzt könne solche Aufgaben ausführen.

Et il espérait que le médecin serait capable d'accomplir de telles tâches.

Er würde bald wieder mehr reden müssen.

Il allait bientôt devoir reprendre la parole.

Seine Stimme musste so klar wie möglich sein.

Il allait falloir que sa voix soit aussi claire que possible.

Zur Vorbereitung auf das Treffen räusperte er sich.

Pour se préparer à la réunion, il s'éclaircit la gorge.

Er bemühte sich jedoch, nur sehr leise zu husten.

Il s'efforçait toutefois de tousser très discrètement.

Das Geräusch klang möglicherweise anders als ein menschlicher Husten.
Ce bruit pouvait être différent d'une toux humaine.
Er wusste, dass er solche Dinge nicht mehr unterscheiden konnte.
Il savait qu'il ne pouvait plus faire la différence entre de telles choses.
Im Nebenzimmer war es vollkommen still geworden.
Dans la pièce voisine, le silence était total.
Die Eltern saßen wahrscheinlich am Tisch.
Les parents étaient probablement assis à table.
Möglicherweise flüsterten sie mit dem Manager.
Ils chuchotaient peut-être avec le gérant.
Vielleicht lehnten alle an der Tür und lauschten.
Peut-être que tout le monde était appuyé contre la porte et écoutait.
Gregor schob den Stuhl langsam in Richtung Tür.
Gregor poussa lentement la chaise vers la porte.
Er stemmte sich gegen die Tür und hielt sich aufrecht.
Il s'appuya contre la porte et se tint droit.
Er stellte fest, dass sich an seinen Fußsohlen ein wenig Klebstoff befand.
Il a découvert que la plante de ses pieds était légèrement collée.
Und er ruhte sich dort einen Moment lang von der Anstrengung aus.
Et il se reposa là un instant, épuisé.
Nachdem er sich ausreichend ausgeruht hatte, begann er mit der nächsten Aufgabe.
Après s'être suffisamment reposé, il s'attela à la tâche suivante.
Er begann, den Schlüssel mit dem Mund im Schloss zu drehen.
Il commença à tourner la clé dans la serrure avec sa bouche.
Leider schien er gar keine Zähne zu haben.
Malheureusement, il semblait qu'il n'avait pas de dents.
Aber welche andere Möglichkeit hätte er gehabt, an die Schlüssel zu gelangen?

Mais quel autre moyen avait-il pour s'emparer des clés ?

Zum Glück für ihn waren seine Kiefer natürlich sehr kräftig.

Heureusement pour lui, ses mâchoires étaient bien sûr très fortes.

Mit Hilfe seiner Kiefermuskeln brachte er den Schlüssel tatsächlich in Bewegung.

Grâce à la force de ses mâchoires, il a vraiment réussi à faire bouger la clé.

Er hatte keinen Zweifel daran, dass er sich damit auch selbst schadete.

Il ne doutait pas qu'il se faisait du mal à lui-même également.

Weil eine braune Flüssigkeit aus seinem Mund kam.

Parce qu'un liquide brunâtre sortait de sa bouche.

Die braune Flüssigkeit ergoss sich über den Schlüssel und die Tür hinunter.

Le liquide brunâtre a coulé sur la clé et le long de la porte.

Aber Gregor kümmerte es nicht, dass er sich selbst schadete.

Mais Gregor ne se souciait pas de se faire du mal.

„Können Sie das hören?", fragte der Manager im Nebenraum.

« Vous entendez ça ? » demanda le gérant dans la pièce voisine.

„Er dreht den Schlüssel um", hatte der Manager bemerkt.

« Il tourne la clé », avait remarqué le gérant.

Diese Worte waren eine große Ermutigung für Gregor.

Ces paroles furent un grand encouragement pour Gregor.

Aber auch Vater und Mutter hätten rufen sollen:

Mais le père et la mère auraient également dû crier :

„Gut gemacht, Gregor!", hätten sie ihm zurufen sollen.

« Bien joué, Gregor ! » auraient-ils dû lui crier.

„Immer weiter, immer weiter am Schlüssel drehen, du schaffst das."

«Continue, continue de tourner la clé, tu peux le faire.»

Stattdessen musste Gregor sich ihre Begeisterung vorstellen.

Mais Gregor dut plutôt imaginer leur enthousiasme.

Er presste die Zähne zusammen mit aller Kraft, die er hatte.

Il serra les mâchoires de toutes ses forces.

Und er drehte den Schlüssel weiter im Schloss.
Et il continua à tourner la clé dans la serrure.
Sein Körper wand sich schmerzhaft im Kreis.
Son corps se tordit douloureusement en un cercle.
Er konnte sich nur noch mit dem Mund aufrecht halten.
Il ne tenait plus debout qu'avec sa bouche.
Um den Schlüssel weiterzudrehen, drückte er gegen die Tür.
Pour continuer à tourner la clé, il appuya contre la porte.
**Schließlich weckte das Knacken des Schlosses Gregor
wieder auf.**
Finalement, le claquement de la serrure réveilla de nouveau
Gregor.
**„Ich brauchte also keinen Schlüsseldienst", seufzte er
erleichtert.**
« Je n'avais donc pas besoin du serrurier », soupira-t-il de
soulagement.
**Jetzt musste er nur noch die Tür öffnen, die er
aufgeschlossen hatte.**
Il ne lui restait plus qu'à ouvrir la porte qu'il avait
déverrouillée.
Und mit dem Kopf auf dem Türgriff öffnete er die Tür.
Et, la tête sur la poignée, il ouvrit la porte.
Er befand sich hinter der Tür, die in sein Zimmer führte.
Il se trouvait derrière la porte qui donnait sur sa chambre.
Die Tür war also schon offen, bevor man ihn sehen konnte.
La porte était donc déjà ouverte avant même qu'on puisse le
voir.
Als Nächstes musste er sich um die Tür herummanövrieren.
Il lui fallait ensuite se faufiler autour de la porte elle-même.
Diese schwierige Bewegung erforderte auch viel Mühe.
Ce mouvement difficile a également nécessité beaucoup
d'efforts.
Er wollte nicht ungeschickt in den nächsten Raum fallen.
Il ne voulait pas tomber maladroitement dans la pièce voisine.
**So hatte er keine Zeit, sich auf irgendetwas anderes zu
konzentrieren.**

Il n'avait donc pas le temps de prêter attention à quoi que ce soit d'autre.

Doch dann hörte er den Hauptsekretär laut „Oh!" ausrufen.

Mais il entendit alors le chef de bureau s'exclamer bruyamment : « Oh ! »

Es klang, als würde der Wind durchs Haus rauschen.

On aurait dit que le vent soufflait en rafales dans la maison.

Er war zufällig derjenige, der der Tür am nächsten stand.

Il se trouvait être celui qui était le plus proche de la porte.

Und als er ihn nun sah, presste er die Hand an den Mund.

Et maintenant, en le voyant, il porta sa main à sa bouche.

Langsam bewegte er sich rückwärts, weg von Gregor.

Il recula lentement, s'éloignant de Gregor.

Aber es war, als ob eine unsichtbare Kraft auf ihn einwirkte.

Mais c'était comme si une force invisible agissait sur lui.

Das Erste, was die Mutter tat, war, den Vater anzusehen.

La première chose que fit la mère fut de regarder le père.

Trotz der Anwesenheit des Managers war ihr Haar zerzaust.

Malgré la présence du gérant, ses cheveux étaient en désordre.

Sie verschränkte die Arme und machte zwei Schritte nach vorn.

Elle déplia les bras et fit deux pas en avant.

Doch dann brach sie mitten in ihrem Rock zusammen.

Mais elle s'est effondrée au milieu de sa jupe.

Ihr Kleid breitete sich um sie herum auf dem Boden aus.

Sa robe s'est étalée tout autour d'elle sur le sol.

Und ihr Kopf verschwand auf ihren eigenen Brüsten.

Et sa tête disparut sur sa poitrine.

Der Vater ballte mit feindseligem Gesichtsausdruck die Faust.

Le père serra le poing avec une expression hostile.

Er schien Gregor zurück in sein Zimmer drängen zu wollen.

Il semblait vouloir que Gregor soit renvoyé dans sa chambre.

Dann blickte er unsicher im Wohnzimmer umher.

Il jeta ensuite un regard incertain autour du salon.

Und schließlich bedeckte er seine Augen mit den Händen.

Et finalement, il se couvrit les yeux entre ses mains.

Und er weinte bitterlich, bis seine mächtige Brust erbebte.

Et il pleura amèrement jusqu'à ce que sa poitrine puissante tremble.

Gregor betrat ihr Zimmer tatsächlich gar nicht.

Gregor n'est en réalité pas entré dans leur chambre.

Stattdessen lehnte er sich an den Türrahmen.

Au lieu de cela, il s'appuya contre le cadre de la porte.

Von außen war nur die Hälfte seines Körpers sichtbar.

Seule la moitié de son corps était visible de l'extérieur.

Und auf seinem Körper befand sich sein Kopf, zur Seite geneigt.

Et sur son corps reposait sa tête, inclinée sur le côté.

Das Licht war inzwischen viel heller geworden als zuvor.

La lumière était désormais devenue beaucoup plus vive qu'auparavant.

Man konnte nun deutlich die andere Straßenseite sehen.

On pouvait désormais voir clairement l'autre côté de la rue.

Ein Teil des endlosen, grauen Krankenhauses gab sich zu erkennen.

Une partie de l'hôpital gris et interminable se dévoila.

Der Morgenregen hatte noch nicht ganz aufgehört.

La pluie matinale n'avait pas encore complètement cessé de tomber.

Doch nun waren die Regentropfen größer und weiter voneinander entfernt.

Mais maintenant, les gouttes de pluie étaient plus grosses et plus espacées.

Das Frühstücksbuffet war in Hülle und Fülle vorhanden.

Les plats du petit-déjeuner étaient disposés en abondance sur la table.

Der Vater hielt das Frühstück für die wichtigste Mahlzeit.

Le père considérait le petit-déjeuner comme le repas le plus important.

Das Frühstück war eine Mahlzeit, die er stundenlang in die Länge zog.

Le petit-déjeuner était un repas qu'il s'éternisait pendant des heures.

Und in diesen Stunden las er die verschiedenen Zeitungen.
Et pendant ces heures, il lisait les différents journaux.
Direkt gegenüber hing ein Foto von Gregor.
Juste en face, sur le mur, était accrochée une photo de Gregor.
Das Foto an der Wand zeigte ihn als Leutnant.
La photographie accrochée au mur le montrait en lieutenant.
Es war ein Foto aus seiner Zeit beim Militär.
C'était une photo de l'époque où il était dans l'armée.
Seine Hand ruhte auf seinem Schwert, und er hatte ein unbeschwertes Lächeln im Gesicht.
Sa main était posée sur son épée, et il arborait un sourire insouciant.
Seine Haltung und seine Uniform flößten einen gewissen Respekt ein.
Sa posture et son uniforme imposaient un certain respect.
Die andere Tür, die zum Vorzimmer führte, war ebenfalls offen.
L'autre porte qui menait à l'antichambre était également ouverte.
Und die Tür zur Wohnung war auch noch offen.
Et la porte de l'appartement était encore ouverte elle aussi.
Man konnte bis zum Vorhof des Wohnhauses sehen.
On pouvait voir jusqu'à la cour de l'immeuble.
Und dann führte die Treppe hinunter auf die Straße.
Puis les escaliers descendaient sur la rue en contrebas.
Gregor war der Einzige, der die Fassung bewahrt hatte.
Gregor était le seul à avoir gardé son sang-froid.
Er hat das gesehen, daher lag die Verantwortung für das Gespräch bei ihm.
Il a constaté cela, la conversation était donc de sa responsabilité.
"So, ich werde mich jetzt für die Arbeit anziehen", sagte er.
« Bon, je vais m'habiller pour le travail maintenant », dit-il.
„Sobald ich die Textilmuster verpackt habe, werde ich abreisen."
« Une fois que j'aurai emballé les échantillons de tissu, je partirai. »

"Beabsichtigen Sie immer noch, mich zu entlassen, Herr
Prokurist?"
«Vous comptez toujours me tirer dessus, Monsieur Prokurist
?»
„Wie Sie sehen, bin ich nicht so stur, wie Sie dachten."
« Comme vous pouvez le constater, je ne suis pas aussi têtue
que vous le pensiez. »
„Und Sie können sehen, dass ich doch gerne arbeite."
« Et vous pouvez constater que j'aime bien travailler, après
tout. »
„Ich kann zugeben, dass Reisen aus beruflichen Gründen
nicht einfach ist."
« Je peux admettre que voyager pour le travail n'est pas facile.
»
„Aber ich kann auch akzeptieren, dass es Teil meines Jobs
ist."
« Mais je peux aussi accepter que cela fasse partie de mon
travail. »
"Manager, wo gehen Sie hin? Zurück ins Büro?"
« Chef de projet, où allez-vous ? Retournez-vous au bureau ? »
„Werden Sie alles, was Sie gesehen haben, wahrheitsgemäß
berichten?"
« Allez-vous rapporter fidèlement tout ce que vous avez vu ? »
„Manchmal kommt es vor, dass man nicht zur Arbeit gehen
kann."
«Il arrive parfois qu'on soit dans l'incapacité d'aller travailler.»
„Das ist der richtige Zeitpunkt, um sich an vergangene
Erfolge zu erinnern."
« C'est le moment idéal pour se souvenir des succès passés. »
„Nachdem die Schwierigkeit beseitigt wurde, funktioniert
es sogar noch besser."
« Une fois la difficulté surmontée, on travaille encore mieux. »
„Mein Fleiß und meine Konzentration werden zunehmen."
« Ma diligence et ma concentration vont augmenter. »
"Sie wissen ganz genau, dass ich dem Chef etwas schulde."
«Vous savez très bien que je suis redevable envers le patron.»

„Aber ich mache mir auch Sorgen um meine Eltern und meine Schwester."

« Mais je suis aussi inquiète pour mes parents et ma sœur. »

„Ich stecke in einer schwierigen Lage, aber ich werde einen Weg finden, da wieder herauszukommen."

« Je suis dans une situation délicate, mais je vais m'en sortir. »

„Macht es nicht noch schwieriger, als es ohnehin schon ist."

« Ne compliquez pas davantage les choses. »

„Als Kollegen müssen wir uns auch gegenseitig helfen."

« En tant que collègues, nous devons aussi nous entraider. »

„Ich weiß, dass die Büroangestellten die Reisenden nicht mögen."

« Je sais que les employés de bureau n'aiment pas les voyageurs. »

„Ihr glaubt, wir verdienen ein Vermögen und führen ein gutes Leben."

«Vous croyez qu'on gagne des fortunes et qu'on mène une vie confortable.»

„Sie haben keinen wirklichen Grund, ihre Vorurteile zu hinterfragen."

« Ils n'ont aucune raison valable de tenir compte de leurs préjugés. »

„Sie als befugter Beamter haben jedoch eine andere Rolle."

« Mais vous, agent habilité, votre rôle est différent. »

„Sie haben einen besseren Überblick als die anderen Mitarbeiter."

«Vous avez une meilleure vue d'ensemble que les autres membres du personnel.»

„Tatsächlich glaube ich, dass Sie den besten Überblick haben."

« En fait, je pense que vous avez peut-être la meilleure vue d'ensemble. »

„Sie haben einen besseren Überblick als der Chef selbst."

«Vous avez une meilleure vision d'ensemble que le patron lui-même.»

„Ich gebe zu, dass der Chef die unternehmerische Arbeit leistet."

« J'admets que c'est le patron qui fait le travail d'entrepreneur. »

„Aber es ist leicht, dass seine Urteile in die Irre geführt werden."

« Mais il est facile de se tromper dans ses jugements. »

„Und diese kleinen Fehleinschätzungen können uns zum Nachteil gereichen."

« Et ces petites erreurs de jugement peuvent nous être préjudiciables. »

„Sie wissen ja, wie leicht es ist, über den Reisenden zu sprechen."

«Vous savez combien il est facile de parler du voyageur.»

„Er ist nicht da, um seinen Ruf vor Gerüchten zu verteidigen."

« Il n'est pas là pour défendre sa réputation contre les rumeurs. »

„Diese Anschuldigungen können leicht nur Zufälle sein."

« Ces accusations peuvent très bien n'être que des coïncidences. »

„Viele Beschwerden beruhen nicht einmal auf irgendeiner Wahrheit."

« Nombre de ces plaintes ne reposent même sur aucune vérité. »

„Er ist fast das ganze Jahr über nicht im Büro."

«Il est absent du bureau pendant presque toute l'année.»

Welche Chance hat er, seinen Ruf zu verteidigen?

«Quelles chances a-t-il de défendre sa propre réputation ?»

„Er erfährt gar nichts von den Anschuldigungen."

«Il n'a même pas connaissance des accusations.»

„Er erfährt erst, was gesagt wurde, wenn es zu spät ist."

«Il découvre ce qui a été dit lorsqu'il est trop tard.»

„Zu diesem Zeitpunkt ist er von der Tagesreise völlig erschöpft."

« À ce stade, il est épuisé par le voyage de la journée. »

„Er muss die schrecklichen Konsequenzen trotzdem am eigenen Leib erfahren."

« Il devra de toute façon en subir les terribles conséquences. »

„Auch wenn er keine Möglichkeit hat, das Problem zu verstehen.“

« Même s'il n'a aucun moyen de comprendre le problème. »

"Oh Manager, gehen Sie nicht, ohne mir ein Wort zu sagen."

« Oh, manager, ne partez pas sans me dire un mot. »

„Sag mir wenigstens, dass du mir teilweise zustimmst.“

«Dites-moi au moins que vous êtes d'accord avec moi en partie.»

Der Manager hatte sich aber schon viel früher von Gregor abgewandt.

Mais le directeur s'était détourné de Gregor bien plus tôt.

Seine Schulter zuckte, als er Gregor anblickte.

Son épaule tressaillit lorsqu'il se retourna vers Gregor.

Und er blieb während der gesamten Rede kein einziges Mal stehen.

Et il n'est pas resté immobile une seule fois pendant tout son discours.

Er hatte Gregor mit zusammengepressten Lippen angesehen.

Il se retournait vers Gregor, les lèvres pincées.

Er hatte sich allmählich in Richtung Tür zurückgezogen.

Il reculait progressivement vers la porte.

Aber auch er konnte den Blick nicht von Gregor abwenden.

Mais il ne pouvait pas non plus détacher son regard de Gregor.

Er hatte das Gefühl, es gäbe ein geheimes Verbot, den Raum zu verlassen.

Il avait l'impression qu'il lui était secrètement interdit de quitter la pièce.

Zu diesem Zeitpunkt befand er sich aber bereits in der Eingangshalle.

Mais à ce stade, il se trouvait déjà dans le hall d'entrée.

Und nun machte er eine plötzliche Bewegung in Richtung Ausgang.

Et soudain, il fit un mouvement vers la sortie.

Er streckte seine rechte Hand in Richtung der Treppe aus.

Il tendit la main droite vers les escaliers.

Vielleicht wartete eine übernatürliche Macht darauf, ihn zu retten.

Peut-être qu'une force surnaturelle attendait pour le sauver.

Gregor wusste, dass er ihn so nicht gehen lassen konnte.

Gregor savait qu'il ne pouvait pas le laisser partir comme ça.

Der Manager darf nicht in der Stimmung zurückkehren, in der er sich befand.

Le manager ne doit pas revenir dans le même état d'esprit qu'avant.

Gregors Arbeitsplatz war stark gefährdet.

La sécurité de l'emploi de Gregor était fortement menacée.

Die Eltern konnten das alles nicht vollständig verstehen.

Les parents ne comprenaient pas tout cela.

Über die Jahre hatten sie sich an seine Arbeitsplatzsicherheit gewöhnt.

Au fil des ans, ils s'étaient habitués à sa sécurité d'emploi.

Und sie waren davon überzeugt, dass er den Job auf Lebenszeit hatte.

Et ils étaient convaincus qu'il avait ce poste à vie.

Stattdessen hatten sie sich mit anderen Sorgen beschäftigt.

Au lieu de cela, ils s'étaient préoccupés d'autres soucis.

Doch diese Bedenken führten dazu, dass sie jegliche Weitsicht verloren.

Mais ces préoccupations leur ont fait perdre toute prévoyance.

Gregor hatte jedoch die elterliche Weitsicht nicht verloren.

Gregor, cependant, n'avait pas perdu la clairvoyance de ses parents.

Jemand musste den Bevollmächtigten stoppen.

Il a fallu que quelqu'un arrête le représentant autorisé.

Er musste ihn beruhigen und überzeugen.

Il allait devoir le calmer et le convaincre.

Davon hing die Zukunft von Gregor und seiner Familie ab!

L'avenir de Gregor et de sa famille en dépendait !

Wenn doch nur die kluge Schwester da gewesen wäre, um zu helfen.

Si seulement sa sœur intelligente avait été là pour l'aider.

Sie hatte schon geweint, als Gregor noch in seinem Zimmer war.

Elle avait déjà pleuré alors que Gregor était encore dans sa chambre.

Zu diesem Zeitpunkt lag er einfach nur ruhig auf dem Rücken.

À ce moment-là, il était simplement allongé tranquillement sur le dos.

Sie wusste damals schon um die Bedeutung der Situation.

Elle connaissait déjà l'importance de la situation à ce moment-là.

Der Manager hatte bekanntermaßen eine Schwäche für Frauen.

Le directeur était connu pour avoir un faible pour les femmes.

Sie hätte ihn leicht dazu überreden können, länger zu bleiben.

Elle aurait facilement pu le persuader de rester plus longtemps.

Sie hätte die Tür geschlossen und ihn wieder hineingeführt.

Elle aurait fermé la porte et l'aurait fait rentrer.

Doch leider war die Schwester bereits aufgebrochen, um einen Arzt zu holen.

Mais malheureusement, sa sœur était partie chercher un médecin.

Deshalb blieb Gregor nichts anderes übrig, als es selbst zu tun.

Gregor n'avait donc pas d'autre choix que de le faire lui-même.

Er hatte nicht bedacht, welche Fähigkeiten er tatsächlich besaß.

Il n'avait pas réfléchi à quelles étaient réellement ses capacités.

Und er hatte vergessen, seiner Fähigkeit zu sprechen zu misstrauen.

Et il avait oublié de se méfier de sa capacité à parler.

Dennoch verließ er die Sicherheit seines Zimmers.

Mais il a néanmoins quitté la sécurité de sa chambre.

Und er drängte sich durch die Öffnung des Zimmers.

Et il se faufila par l'ouverture de la pièce.

Der Manager war bereits auf dem Weg die Treppe hinunter.

Le directeur était déjà en train de descendre les escaliers.

Aber er hielt sich mit beiden Händen am Geländer fest.

Mais il s'accrochait à la rambarde à deux mains.

Gregor stürzte, als er sich durch die Tür schob.

Gregor tomba en se poussant à travers la porte.

Er stieß einen kleinen Schrei aus, als er nach Halt griff.

Il laissa échapper un petit cri en cherchant un appui.

Doch anstatt in Panik zu geraten, verspürte er ein körperliches Wohlbefinden.

Mais au lieu de paniquer, il a ressenti un bien-être physique.

Zum ersten Mal an diesem Morgen fühlte sich etwas richtig an.

Pour la première fois ce matin-là, quelque chose semblait juste.

Alle seine Beine standen nun auf festem Boden.

Il avait désormais toutes les jambes bien ancrées au sol.

Er war überrascht, wie gut er seine Beine kontrollieren konnte.

Il était surpris de constater à quel point il contrôlait bien ses jambes.

Er freute sich, festzustellen, dass seine Beine ihm vollkommen gehorchten.

Il était heureux de constater que ses jambes lui obéissaient parfaitement.

Tatsächlich trugen ihn seine Beine überall hin, wo er hinwollte.

En réalité, ses jambes le portaient partout où il le voulait.

Bald würden all seine Sorgen ein Ende finden.

Bientôt, tous ses chagrins allaient prendre fin.

Doch im selben Augenblick sprang seine eigene Mutter auf.

Mais au même moment, sa propre mère se leva d'un bond.

Ihre Arme waren ausgestreckt und ihre Finger gespreizt.

Ses bras étaient tendus et ses doigts écartés.

Und sie schrie: „Hilfe, um Gottes willen, helft mir!"

Et elle s'est écriée : « Au secours ! Au nom de Dieu, que quelqu'un m'aide ! »

Sie neigte den Kopf; sie wollte Gregor besser sehen.
Elle inclina la tête ; elle voulait mieux voir Gregor.
Doch im Gegensatz zu ihrer ersten Handlung rannte sie zurück.
Mais contrairement à sa première action, elle est revenue en courant.
Sie hatte vergessen, dass der Tisch hinter ihr gedeckt war.
Elle avait oublié que la table était mise derrière elle.
Alle Speisen fürs Frühstück standen noch auf dem Tisch.
Tout ce qui était prévu pour le petit-déjeuner était encore sur la table.
Sie setzte sich hastig auf den Tisch, als sei sie abgelenkt.
Elle s'assit précipitamment sur la table, comme distraite.
Und sie schien den verschütteten Kaffee nicht zu bemerken.
Et elle n'a pas semblé remarquer le café renversé.
Der Kaffee, der inzwischen in den Teppich eingezogen war.
Le café était maintenant en train d'imbiber la moquette.
„Mutter, Mutter", sagte Gregor leise und blickte zu ihr auf.
« Maman, maman », dit doucement Gregor en levant les yeux vers elle.
Im Moment war ihm der Manager nicht wichtig.
Pour le moment, le manager ne lui importait pas.
Aber da war auch noch der Kaffee, der auf den Teppich tropfte.
Mais il y avait aussi le café qui coulait sur la moquette.
Gregor konnte nicht widerstehen und schnappte nach dem Kaffee.
Gregor n'a pas pu s'empêcher de claquer des dents devant le café.
Die Mutter fing wegen seines Verhaltens wieder an zu weinen.
La mère se remit à pleurer à cause de son comportement.
Sie sprang vom Tisch, um Abstand von ihm zu gewinnen.
Elle a sauté de la table pour prendre ses distances avec lui.
Und sie rannte in die Arme ihres Vaters, um Schutz zu suchen.
Et elle s'est réfugiée dans les bras de son père.

Doch Gregor hatte jetzt keine Zeit mehr für seine Eltern.
Mais Gregor n'avait plus de temps à consacrer à ses parents.
Der zuständige Beamte befand sich bereits auf der Treppe.
L'agent habilité se trouvait déjà dans l'escalier.
Er hatte sein Kinn auf dem Geländer, um ins Haus zu schauen.
Il avait le menton appuyé sur la rambarde, pour regarder à l'intérieur de la maison.
Offenbar wollte er sich das Spektakel noch ein letztes Mal ansehen.
Apparemment, il voulait jeter un dernier coup d'œil au spectacle.
Und Gregor unternahm einen letzten Versuch, den Manager zu erreichen.
Et Gregor fit un dernier effort pour joindre le directeur.
Er rannte so sicher wie möglich zur Tür.
Il courut vers la porte aussi prudemment qu'il le put.
Aber der Hauptsekretär muss etwas geahnt haben.
Mais le chef de bureau devait se douter de quelque chose.
Denn er sprang mehrere Stufen hinunter und verschwand.
Parce qu'il a descendu quelques marches et a disparu.
"Huh!", rief Gregor, und sein Ruf hallte durch das Treppenhaus.
« Hein ! » s'écria Gregor, sa voix résonnant dans la cage d'escalier.
Die Flucht des Managers schien auch seinen Vater zu verwirren.
La fuite du manager sembla également déconcerter son père.
Bis dahin war es ihm gelungen, recht gefasst zu bleiben.
Jusque-là, il était parvenu à garder son calme.
Doch leider verlor auch er die Fassung, die er zuvor besessen hatte.
Mais malheureusement, lui aussi a perdu le sang-froid qu'il avait eu.
Er hätte Gregor bei seinem Vorhaben helfen sollen.
Il aurait dû aider Gregor dans sa quête.
Doch er packte den Gehstock des Managers mit einer Hand.

Mais, d'une main, il saisit la canne du directeur.

In seiner anderen Hand hielt er nun eine Zeitung.

Et dans l'autre main, il tenait maintenant un journal.

Und nun behinderte er Gregor direkt bei seinem Vorhaben.

Et il entravait désormais directement Gregor dans sa poursuite.

Er hatte sich zwischen Gregor und die Straße gestellt.

Il s'était placé entre Gregor et la rue.

Er stampfte mit den Füßen auf und fuchtelte mit dem Stock und der Zeitung herum.

Il tapa du pied et agita le bâton et le journal.

Und er zwang Gregor aktiv zurück in sein Zimmer.

Et il forçait activement Gregor à retourner dans sa chambre.

Keine der Bitten, die Gregor äußerte, half.

Aucune des demandes formulées par Gregor n'a été utile.

Weil keines seiner Anliegen verstanden wurde.

Parce qu'aucune de ses demandes n'a été comprise.

Er wandte den Kopf in eine tiefere, demütigere Haltung.

Il tourna la tête vers un angle plus profond et plus humble.

Doch sein Vater antwortete, indem er noch heftiger mit den Füßen aufstampfte.

Mais son père répondit en tapant du pied encore plus fort.

Die Mutter öffnete trotz des kühlen Wetters ein Fenster.

La mère ouvrit une fenêtre, malgré la fraîcheur ambiante.

Und sie presste ihr Gesicht in die Hände vor Kälte.

Et elle enfouit son visage dans ses mains froides.

Der Wind konnte nun durch die gesamte Wohnung strömen.

Le vent pouvait désormais traverser tout l'appartement.

Ein starker Luftzug wehte vom Treppenhaus in die Gasse.

Un fort courant d'air soufflait de l'escalier vers la ruelle.

Die Vorhänge wurden vom starken Wind hin und her bewegt.

Les rideaux claquaient sous l'effet du vent violent.

Und die Zeitung auf dem Tisch raschelte im Wind.

Et le journal posé sur la table bruissait dans le vent.

Sogar einige Blätter wurden von draußen ins Haus geweht.

Même des feuilles ont été soufflées à l'intérieur de la maison depuis l'extérieur.

Der Vater stampfte mit den Füßen und schob unerbittlich.

Le père tapa du pied et poussa sans relâche.

Und er zischte und gab Geräusche von sich, wie es ein Wilder tun würde.

Et il sifflait et émettait des bruits comme un homme sauvage.

Gregor hatte das Rückwärtsgehen aber noch nicht geübt.

Mais Gregor ne s'était pas encore entraîné à marcher à reculons.

Selbst Gregor würde zugeben, dass diese Bewegung wesentlich langsamer vonstatten ging.

Même Gregor admettrait que ce mouvement était beaucoup plus lent.

Doch alles, was er wollte, war die Gelegenheit, umzukehren.

Tout ce qu'il souhaitait, c'était avoir la possibilité de faire demi-tour.

Dann wäre er sofort in sein Zimmer gegangen.

Il serait alors allé directement dans sa chambre.

Aber er hatte zu große Angst, seinen Vater ungeduldig zu machen.

Mais il avait trop peur d'impatienter son père.

Und es bestand die Drohung mit einem Schlag mit dem Stock.

Et il y avait la menace d'un coup de bâton.

Ein solcher Schlag auf den Hinterkopf könnte tödlich sein.

Un tel coup à l'arrière de la tête pourrait être fatal.

Am Ende blieb Gregor jedoch keine andere Wahl.

Mais finalement, Gregor n'avait pas d'autre choix.

Ihm wurde klar, dass er nicht einmal mehr geradeaus rückwärts gehen konnte.

Il s'est rendu compte qu'il ne pouvait même plus marcher droit à reculons.

Er begann sich so schnell wie möglich umzudrehen.

Il commença à se retourner aussi vite qu'il le put.

Doch in Wirklichkeit war diese Drehbewegung genauso langsam.

Mais en réalité, ce mouvement de rotation était tout aussi lent.

Und ihm folgten die besorgten Blicke des Vaters.

Et il fut suivi des regards anxieux du père.

Vielleicht bemerkte der Vater Gregors gute Absichten.

Peut-être le père avait-il remarqué les bonnes intentions de Gregor.

Weil er ihn nicht daran hinderte, sich umzudrehen.

Parce qu'il ne l'a pas empêché de se retourner.

Er benutzte sogar die Spitze seines Stocks, um die Drehung zu steuern.

Il a même utilisé le bout de son bâton pour guider la rotation.

Gregor wünschte sich aber dennoch, sein Vater hätte ihn nicht angefaucht!

Mais Gregor aurait préféré que son père ne lui ait pas sifflé dessus !

Das Zischen trug nur noch zur Verwirrung des Augenblicks bei.

Le sifflement ne fit qu'ajouter à la confusion du moment.

Und dann unterlief ihm ein Fehler, und er bog in die falsche Richtung ab.

Puis il a commis une erreur et a tourné dans la mauvaise direction.

Am Ende gelang es ihm schließlich doch, den richtigen Weg einzuschlagen.

Finalement, il a réussi à se tourner dans la bonne direction.

Und er war zufrieden mit den Fortschritten, die er gemacht hatte.

Et il était satisfait des progrès qu'il avait accomplis.

Doch dann trat das nächste Problem noch deutlicher zutage.

Mais un autre problème est alors devenu encore plus évident.

Sein Körper war zu breit, um problemlos durch die Tür zu passen.

Son corps était trop large pour passer facilement la porte.

In seinem jetzigen Zustand bemerkte der Vater dies nicht.

Dans son état actuel, le père ne s'en est pas aperçu.

Deshalb kam es ihm nicht in den Sinn, die Tür weiter zu öffnen.

Il ne lui vint donc pas à l'esprit d'ouvrir davantage la porte.

Dann wäre genügend Platz für Gregor gewesen.

Il y aurait alors eu suffisamment de place pour Gregor.

Seine einzige Priorität war es, Gregor in sein Zimmer zu bringen.

Sa seule priorité était de faire entrer Gregor dans sa chambre.

Er hätte aufstehen müssen, um durch die Tür zu passen.

Il aurait dû se lever pour passer la porte.

Der Vater hätte ein solches Manöver jedoch nicht zugelassen.

Mais le père n'aurait pas permis une telle manœuvre.

Tatsächlich fauchte er ihn noch heftiger an als zuvor.

En fait, il le sifflait encore plus sauvagement qu'avant.

Es klang nach mehr als nur einem Mann, der ihn anzischt.

On aurait dit qu'il y avait plus d'un homme qui lui sifflait dessus.

Seine Forderungen schienen nun an Dringlichkeit gewonnen zu haben.

Ses revendications semblaient revêtir une nouvelle urgence.

Für Spielereien war jetzt wirklich keine Zeit mehr.

Il n'y avait vraiment plus de temps à perdre.

Was auch immer geschah, Gregor musste durch die Tür gelangen.

Quoi qu'il arrive, Gregor devait franchir la porte.

Er kämpfte sich ohne jegliche Rücksicht auf sich selbst durch.

Il s'est imposé sans aucun égard pour lui-même.

Durch die Bewegung wurde eine Seite seines Körpers nach oben gedrückt.

Un côté de son corps fut projeté vers le haut par le mouvement.

Und er lag unbeholfen und schief zwischen den Türrahmen.

Et il était allongé de travers, maladroitement, dans l'embrasure de la porte.

Eine seiner Flanken war am Holz wundgescheuert.

Un de ses flancs était à vif à cause du frottement contre le bois.

Und er hatte hässliche Flecken auf der weiß gestrichenen Tür hinterlassen.

Et il avait laissé des taches disgracieuses sur la porte peinte en blanc.

Auf einer Seite seines Körpers hingen die Beine zitternd in der Luft.

Les jambes d'un de ses côtés pendaient en tremblant dans le vide.

Seine anderen Beine drückten schmerzhaft gegen den Boden.

Ses autres jambes étaient douloureusement enfoncées dans le sol.

Bald würde er vollständig zwischen den Türen eingeklemmt sein.

Bientôt, il allait se retrouver complètement coincé entre la porte et le mur.

Und dann hätte er sich überhaupt nicht mehr bewegen können.

Et alors, il n'aurait plus pu bouger du tout.

Doch der Vater gab ihm einen wahrhaft befreienden, starken Anstoß.

Mais le père lui a donné une forte impulsion véritablement libératrice.

Und er stürzte, stark blutend, tief in sein Zimmer hinein.

Et il tomba, ensanglanté, loin dans sa chambre.

Der Vater knallte die Tür hinter sich mit seinem Stock zu.

Le père claqua la porte derrière lui avec sa canne.

Und dann kehrte endlich wieder Ruhe ein.

Et puis, enfin, le calme et la tranquillité revinrent.

Teil Zwei
Deuxième partie

Gregor wachte erst viel später am Tag auf.

Gregor ne s'est réveillé que bien plus tard dans la journée.

Die Dämmerung war hereingebrochen; er hatte tief und fest geschlafen.

Le crépuscule était tombé ; il avait dormi profondément, inconsciemment.

Er wäre auch ohne Störung aufgewacht.

Il se serait réveillé même sans avoir été dérangé.

Denn er fühlte sich ausreichend ausgeruht und gut geschlafen.

Parce qu'il se sentait suffisamment reposé et avait bien dormi.

Aber er glaubte, draußen flüchtige Schritte zu hören.

Mais il crut entendre quelques pas furtifs à l'extérieur.

Und vielleicht hat jemand die Haustür sorgfältig geschlossen.

Et quelqu'un aurait pu refermer soigneusement la porte d'entrée.

Das Licht der elektrischen Straßenbahn lag blass an der Decke.

La lumière du tramway électrique se projetait faiblement au plafond.

Auch die Oberseite der Möbel wurde ein wenig beleuchtet.

Le dessus du meuble a également reçu un peu de lumière.

Doch unten am Boden, auf Gregors Höhe, war es dunkel.

Mais en bas, au niveau de Gregor, il faisait sombre.

Seine Beine schoben ihn langsam wieder in Richtung Tür.

Ses jambes le poussèrent lentement de nouveau vers la porte.

Er war sehr neugierig, zu sehen, was dort geschehen war.

Il était très curieux de voir ce qui s'était passé là-bas.

Seine Kontrolle über seine Fühler war jedoch noch nicht entwickelt.

Mais le contrôle de ses antennes n'était pas encore développé.

Obwohl er diese neuen Sensoren allmählich zu schätzen begann.

Bien qu'il ait commencé à apprécier ces nouveaux capteurs.

Eine lange, unansehnliche Narbe schien seine linke Seite hinunterzulaufen.

Une longue et disgracieuse cicatrice semblait lui barrer le flanc gauche.

Die Narbe fühlte sich an, als würde sie diese Seite seines Körpers einengen.

La cicatrice lui donnait l'impression de contracter ce côté de son corps.

Und so musste er buchstäblich auf seinen zwei Beinreihen humpeln.

Il devait donc littéralement boiter en s'appuyant sur ses deux rangées de pattes.

Eines seiner Beine war an diesem Morgen schwer verletzt worden.

L'une de ses jambes avait été grièvement blessée ce matin-là.

Es war wirklich ein Wunder, dass er sich nicht noch mehr Beine gebrochen hatte.

C'était vraiment un miracle qu'il ne se soit pas cassé plus de jambes.

Und so schleppte er sein verletztes Bein leblos hinter sich her.

Et il traîna donc sa jambe blessée, inerte, derrière lui.

Als er die Tür erreichte, erkannte er etwas Tiefgreifendes.

Lorsqu'il atteignit la porte, il réalisa quelque chose de profond.

Es war der Geruch von etwas, der ihn dorthin gelockt hatte.

C'était l'odeur de quelque chose qui l'avait attiré là.

In Gregors Zimmer war etwas Essbares für ihn hinterlassen worden.

Quelque chose de comestible avait été laissé pour Gregor dans sa chambre.

Stückchen Weißbrot schwimmen in einer Schüssel mit süßer Milch.

Des morceaux de pain blanc flottant dans un bol de lait sucré.

Er konnte seine innere Freude kaum verbergen.

Il pouvait à peine contenir la joie qui l'habitait.

Er war jetzt noch hungriger als am Morgen.

Il avait encore plus faim maintenant que le matin.

Er tauchte sofort seinen Kopf in die Schüssel mit Milch.

Il plongea aussitôt la tête dans le bol de lait.

Die Milch quoll ihm fast über den ganzen Kopf, bis zu den Augen.

Le lait lui recouvrait presque toute la tête, jusqu'aux yeux.

Doch schon bald riss er den Kopf zurück, bitter enttäuscht.

Mais il a rapidement retiré sa tête, amèrement déçu.

Das Essen war aufgrund seiner empfindlichen linken Seite schwierig.

L'alimentation était difficile en raison de la fragilité de son côté gauche.

Und er konnte nur essen, indem er mit dem ganzen Körper keuchte.

Et il ne pouvait manger qu'en haletant de tout son corps.

Das war jedoch nicht der wahre Grund für seine Enttäuschung.

Mais ce n'était pas la véritable raison de sa déception.

Milch war schon immer eines seiner Lieblingsgerichte gewesen.

Le lait avait toujours été l'un de ses plats préférés.

Er hatte keinen Zweifel daran, dass seine Schwester sich daran erinnerte.

Il ne doutait pas que sa sœur s'en souvenait.

Und das war der Grund, warum sie ihm Milch gegeben hatte.

Et c'est pour cela qu'elle lui avait donné du lait.

Er konnte nicht erklären, warum er Milch jetzt nicht mehr mochte.

Il n'a pas su expliquer pourquoi il n'aimait plus le lait.

Und er wandte sich fast widerwillig von der Schüssel ab.

Et il se détourna du bol presque à contrecœur.

Enttäuscht kroch er zurück in die Mitte des Raumes.

Déçu, il retourna en rampant au milieu de la pièce.

Hier konnte er durch den Türspalt hindurchsehen.

De là, il pouvait voir à travers la fente de la porte.

Er konnte sehen, dass im Wohnzimmer das Feuer brannte.

Il pouvait voir que le feu était allumé dans le salon.

Gewöhnlich las der Vater um diese Zeit die Zeitung.

Habituellement, à cette heure-ci, le père lisait le journal.

Er las seiner Mutter immer mit erhobener Stimme vor.

Il avait toujours l'habitude de lire à sa mère à voix haute.

Manchmal lauschte auch die Schwester dem Vater.

Parfois, la sœur écoutait aussi les conversations du père.

Sie hatte Gregor immer von diesem Vorlesen erzählt.

Elle avait toujours parlé à Gregor de ces lectures à voix haute.

Doch heute war aus dem Zimmer kein Laut zu hören.

Mais aujourd'hui, aucun son ne provenait de la pièce.

Vielleicht war diese Gewohnheit bereits in Vergessenheit geraten.

Peut-être cette habitude s'était-elle déjà perdue.

Eine tiefe Stille hatte sich über die gesamte Wohnung gelegt.

Un silence profond s'était installé dans tout l'appartement.

Obwohl er wusste, dass die Wohnung ganz sicher nicht leer war.

Bien qu'il sût que l'appartement n'était certainement pas vide.

„Was für ein ruhiges Leben die Familie doch führte", dachte Gregor.

« Quelle vie tranquille mène cette famille », pensa Gregor.

Und er blickte mit großem Stolz in die Dunkelheit.

Et il fixa l'obscurité avec une grande fierté.

Er war stolz auf das Leben, das er ihnen hatte ermöglichen können.

Il était fier de la vie qu'il avait pu leur offrir.

Er war stolz auf die schöne Wohnung, in der sie lebten.

Il était fier du bel appartement qu'ils occupaient.

Doch sollte dieser Frieden nun ein schreckliches Ende nehmen?

Mais cette paix était-elle sur le point de connaître une fin tragique ?

Würde man ihnen ihren Wohlstand nehmen?

Allait-on leur ravir leur prospérité ?

War ihre Zufriedenheit nun in Zukunft ungewiss?

Leur bonheur était-il désormais incertain pour l'avenir ?

Doch er wollte sich nicht in solchen Gedanken verlieren.
Mais il ne voulait pas se perdre dans de telles pensées.
Um sich die Zeit zu vertreiben, kroch er die Wände rauf und runter.
Pour s'occuper, il grimpait et descendait les murs.
Im Laufe des langen Abends wurde eine Tür einen Spalt breit geöffnet.
Durant cette longue soirée, une porte était entrouverte.
Und zu einem anderen Zeitpunkt öffnete sich die andere Tür einen Spaltbreit.
Et à un autre moment, l'autre porte s'ouvrit légèrement.
Doch beide Male wurden die Türen schnell wieder geschlossen.
Mais à chaque fois, les portes se sont refermées aussitôt.
Offenbar hatte jemand draußen den Wunsch, hereinzukommen.
De toute évidence, quelqu'un à l'extérieur souhaitait entrer.
Aber sie hatten auch zu viele Bedenken, hereinzukommen.
Mais ils avaient aussi trop d'inquiétudes à l'idée de venir.
Gregor blieb nun direkt vor der Wohnzimmertür stehen.
Gregor s'arrêta alors net devant la porte du salon.
Er war fest entschlossen, den zögernden Besucher irgendwie zu verführen.
Il était déterminé à trouver un moyen de tenter le visiteur hésitant.
Und er wollte auch wissen, wer der Besucher gewesen war.
Il voulait aussi savoir qui était le visiteur.
Doch an diesem Abend wurde die Tür kein drittes Mal geöffnet.
Mais ce soir-là, la porte ne fut pas ouverte une troisième fois.
Und Gregor verbrachte seine Zeit vergeblich damit, an der Tür zu warten.
Et Gregor passa son temps à attendre en vain près de la porte.
Früher am Tag wollten sie alle in den Raum kommen.
Plus tôt dans la journée, ils avaient tous voulu entrer dans la pièce.

Jetzt, da die Türen unverschlossen waren, würde es ihnen leichter fallen.

Maintenant que les portes étaient déverrouillées, ce serait plus facile pour eux.

Aber sie entschieden sich dafür, auf der anderen Seite des Raumes zu bleiben.

Mais ils ont choisi de rester de l'autre côté de la pièce.

Gregor bemerkte, dass die Schlüssel nicht mehr in ihren Schlössern steckten.

Gregor remarqua que les clés n'étaient plus dans leurs serrures.

Jemand muss die Schlüssel zum Außenschloss umgesteckt haben.

Quelqu'un a dû déplacer les clés vers la serrure extérieure.

Erst spät in der Nacht wurde das Licht im Wohnzimmer ausgeschaltet.

Ce n'est que tard dans la nuit que la lumière du salon était éteinte.

Die Familie muss die ganze Zeit wach geblieben sein.

La famille a dû rester éveillée tout ce temps.

Und Gregor konnte deutlich hören, wie sie sich auf Zehenspitzen davonschlichen.

Et Gregor pouvait clairement les entendre s'éloigner sur la pointe des pieds.

Nun würde bis zum Morgen niemand zu Gregor kommen.

Désormais, personne n'allait venir voir Gregor avant le lendemain matin.

So hatte er lange Zeit für sich, um ungestört nachzudenken.

Il eut donc tout le temps d'être seul, de réfléchir en toute tranquillité.

Wie könnte man sein Leben jetzt am besten neu ordnen?

Quelle serait la meilleure façon de réorganiser sa vie maintenant ?

Doch die hohen Wände des leeren Zimmers ängstigten ihn.

Mais les hauts murs de la pièce vide l'effrayaient.

Ihm blieb keine andere Wahl, als sich flach auf den Boden zu legen.

Il n'avait pas d'autre choix que de s'allonger à plat ventre sur le sol.

Und er fand in diesem Raum niemals die Ursache seiner Angst.

Et il n'a jamais trouvé la cause de sa peur dans cet espace.

Es war dasselbe Zimmer, in dem er seit fünf Jahren lebte.

C'était la même pièce où il avait vécu pendant cinq ans.

Halb bewusst machte er eine Bewegung in Richtung Sofa.

Semi-consciemment, il fit un mouvement vers le canapé.

Und ohne jede Scham versteckte er sich unter dem Sofa.

Et sans aucune honte, il se cacha sous le canapé.

Dort unten fühlte er sich sofort wieder sehr wohl.

Là-bas, il se sentit immédiatement de nouveau très à l'aise.

Obwohl sein Rücken etwas gequetscht war.

Bien que son dos soit un peu comprimé.

Auch unter dem Sofa konnte er seinen Kopf nicht mehr heben.

Il ne pouvait plus non plus lever la tête sous le canapé.

Aber selbst das zog er einem Aufenthalt im Freien vor.

Mais même cela, il préférait éviter de se trouver dans un espace ouvert.

Er bedauerte jedoch, dass sein Körper so breit war.

Il regrettait toutefois que son corps soit si large.

Das Sofa konnte seinen ganzen Körper nicht vollständig bedecken.

Le canapé ne pouvait pas recouvrir entièrement son corps.

Er blieb die ganze Nacht unter dem Sofa.

Il est resté sous le canapé toute la nuit.

Die Nacht verbrachte er halb schlafend, geplagt von seinem Hunger.

Il passa la nuit à moitié endormi, troublé par sa faim.

Und die Zeit, die er wach war, verbrachte er entweder in Sorgen oder in Hoffnung.

Et le temps qu'il passait éveillé, il le consacrait soit à s'inquiéter, soit à espérer.

Doch all seine vagen Hoffnungen führten zu demselben Schluss.

Mais tous ses vagues espoirs menaient à la même conclusion.

Ihm blieb nichts anderes übrig, als vorerst zu schweigen.

Il n'avait d'autre choix que de rester silencieux pour le moment.

Er musste der Familie gegenüber Geduld und Rücksichtnahme zeigen.

Il devait faire preuve de patience et de considération envers la famille.

Es war die einzige Möglichkeit, die Unannehmlichkeiten erträglich zu machen.

C'était le seul moyen de rendre ce désagrément supportable.

Die Unannehmlichkeiten, die er nun der Familie auferlegte.

Le désagrément qu'il imposait désormais à la famille.

Er musste nicht lange warten, um sein Mitgefühl unter Beweis zu stellen.

Il n'a pas eu à attendre longtemps pour prouver sa compassion.

Früh am Morgen schaute die Schwester in sein Zimmer.

Tôt le matin, sa sœur jeta un coup d'œil dans sa chambre.

Obwohl es eigentlich genauso viel Nacht wie Morgen war.

En réalité, c'était autant la nuit que le matin.

Sie war vollständig angezogen und schien aufgeregt zu sein.

Elle était entièrement habillée et semblait éprouver de l'excitation.

Die Tragfähigkeit seiner neu getroffenen Entscheidung könnte sich bewähren.

La solidité de sa décision nouvellement prise pourrait être mise à l'épreuve.

Sie entdeckte ihn nicht sofort auf Anhieb.

Elle ne l'a pas immédiatement repéré au premier coup d'œil.

Er musste irgendwo sein; weggeflogen konnte er nicht sein.

Il devait forcément être quelque part ; il n'aurait pas pu s'envoler.

Doch dann schweifte ihr Blick ein zweites Mal durch den Raum.

Puis son regard parcourut une seconde fois la pièce.

Und dieses Mal entdeckte sie seinen Oberkörper unter dem Sofa.

Et cette fois, elle a aperçu son torse sous le canapé.

Sie war so verängstigt, dass sie jegliche Selbstbeherrschung verlor.

Elle était si effrayée qu'elle a perdu tout contrôle d'elle-même.

Und ihre erste Reaktion war, die Tür wieder zuzuschlagen.

Et sa première réaction fut de claquer la porte à nouveau.

Doch sie schien ihr Verhalten auch sofort zu bereuen.

Mais elle a aussi semblé immédiatement regretter son comportement.

Kaum hatte sie die Tür zugeschlagen, öffnete sie sie auch schon wieder.

Aussitôt qu'elle eut claqué la porte, elle la rouvrit.

Und diesmal schlich sie sich leise auf Zehenspitzen in den Raum.

Et cette fois, elle entra dans la pièce sur la pointe des pieds.

Sie bewegte sich, als ob sie eine schwerkranke Person besuchen würde.

Elle se déplaçait comme si elle rendait visite à une personne gravement malade.

Oder sie könnte einen völlig Fremden besucht haben.

Ou bien elle rendait visite à un parfait inconnu.

Gregor drückte seinen Kopf fast bis an den Rand des Sofas.

Gregor poussa sa tête presque jusqu'au bord du canapé.

Und von unterhalb des Tresors beobachtete er sie im Zimmer.

Et, caché sous le coffre-fort, il l'observait dans la pièce.

Würde sie bemerken, dass er die Milch stehen gelassen hatte?

Allait-elle remarquer qu'il avait oublié le lait ?

Er hatte die Milch nicht etwa aus Mangel an Hunger stehen gelassen.

Il n'avait pas laissé le lait par manque de faim.

Wollte sie ihm stattdessen anderes Essen bringen?

Allait-elle lui apporter un autre plat ?

Vielleicht ein Gericht, das seinen Vorlieben besser entsprach.

Peut-être un plat qui corresponde mieux à ses goûts.

Aber sie hätte seinen Appetit selbst bemerken müssen.

Mais elle aurait dû remarquer elle-même son appétit.

Er wäre lieber verhungert, als sie davon erfahren zu lassen.

Il aurait préféré mourir de faim plutôt que de lui en parler.

Eigentlich hätte er es ihr sehr gerne gesagt.

En réalité, il aurait beaucoup aimé le lui dire.

Er war wirklich versucht, unter dem Sofa hervorzuschießen.

Il était vraiment tenté de tirer sur lui depuis sous le canapé.

Er wollte sich seiner Schwester zu Füßen werfen.

Il avait envie de se jeter aux pieds de sa sœur.

Und er wollte sie um etwas Leckeres zu essen bitten.

Et il voulait lui demander quelque chose de bon à manger.

Doch dann blickte die Schwester zu der Schüssel mit Milch.

Mais la sœur regarda alors le bol de lait.

Sie bemerkte sofort, dass die Schüssel noch voll war.

Elle remarqua aussitôt que le bol était encore plein.

Sie war ziemlich überrascht, dass Gregor nichts gegessen hatte.

Elle était plutôt surprise que Gregor n'ait rien mangé.

Nur ein wenig Milch war auf den Boden verschüttet worden.

Seul un peu de lait avait été renversé sur le sol.

Sie nahm sofort die Schüssel und trug sie hinaus.

Elle a aussitôt ramassé le bol et l'a emporté.

Er sah, dass sie die Schüssel nicht mit bloßen Händen aufgehoben hatte.

Il vit qu'elle ne ramassait pas le bol à mains nues.

Stattdessen hob sie die Schüssel mit einem der Lappen hoch.

Au lieu de cela, elle ramassa le bol à l'aide d'un des chiffons.

Gregor vergaß dieses kleine Detail jedoch sehr schnell.

Mais Gregor oublia très vite ce petit détail.

Er war nun von etwas ganz anderem viel begeisterter.

Il était désormais beaucoup plus enthousiaste à propos d'autre chose.

Was könnte sie als Ersatz für die Milch mitbringen?

Qu'est-ce qu'elle pourrait apporter à la place du lait ?

Er hatte verschiedene Vermutungen darüber, was sie wohl mitbringen könnte.

Il avait diverses idées sur ce qu'elle pourrait apporter.

Doch die Güte seiner Schwester übertraf seine Erwartungen.

Mais la gentillesse de sa sœur a dépassé ses espérances.

Ihr wurde klar, dass sie herausfinden musste, was seine neuen Vorlieben waren.

Elle comprit qu'elle devait tester ses nouveaux goûts.

Deshalb brachte sie eine ganze Auswahl an verschiedenen Speisen mit.

Elle a donc apporté toute une sélection de plats différents.

Halbverfaultes Gemüse, Knochen vom Abendessen.

Légumes à moitié pourris, os du repas du soir.

Die eingedickte Soße von der anderen Mahlzeit, die sie gegessen hatten.

De la sauce solidifiée provenant de leur autre repas.

Ein paar Rosinen, einige Mandeln, trockenes Brot, Butterbrot.

Quelques raisins secs, des amandes, du pain sec, du pain beurré.

Etwas Brot, das mit Butter bestrichen und gesalzen war.

Du pain beurré et salé.

Käse, den Gregor vor zwei Tagen noch für ungenießbar erklärt hatte.

Du fromage que Gregor avait déclaré immangeable il y a deux jours.

Die gesamte Auswahl an Speisen wurde auf einer Zeitung ausgelegt.

Toute cette sélection de nourriture était disposée sur un journal.

Und sie stellte auch eine Schüssel mit Wasser neben seine Mahlzeiten.

Elle a également placé un bol d'eau à côté de ses repas.

Sie wusste, dass Gregor nicht vor ihr gegessen hätte.

Elle savait que Gregor n'aurait pas mangé devant elle.

Aus Respekt vor ihm verließ sie deshalb wieder den Raum.

Par respect pour lui, elle quitta de nouveau la pièce.

Und sie hat beim Weggehen sogar den Schlüssel im Schloss umgedreht.

Et elle a même tourné la clé dans la serrure en partant.

Aber sie drehte den Schlüssel ganz leise und vorsichtig um.

Mais elle tourna la clé très doucement et avec précaution.

Auf diese Weise würde nur Gregor wissen, dass die Tür verschlossen war.

De cette façon, seul Gregor saurait que la porte était verrouillée.

Nun konnte er es sich so bequem machen, wie er wollte.

Il pouvait désormais s'installer aussi confortablement qu'il le souhaitait.

Gregors Beine surrten, als es Zeit zum Essen war.

Les jambes de Gregor s'agitaient frénétiquement à l'heure du repas.

Bemerkenswert ist, dass er keinerlei Beschwerden mehr verspürte.

Il est à noter qu'il ne ressentait plus aucune gêne.

Seine Wunden müssen bereits vollständig verheilt sein.

Ses blessures doivent déjà être complètement guéries.

Weil er seine früheren Behinderungen nicht mehr spürte.

Parce qu'il ne ressentait plus ses anciens handicaps.

Seine neue Fähigkeit zu heilen überraschte und verblüffte ihn.

Sa nouvelle capacité de guérison le surprit et l'émerveilla.

Vor mehr als einem Monat schnitt er sich mit einem Messer in den Finger.

Il y a plus d'un mois, il s'est coupé le doigt avec un couteau.

Bis vor zwei Tagen schmerzte ihn diese Wunde noch.

Il y a encore deux jours, cette blessure le faisait souffrir.

„Bin ich jetzt viel weniger empfindlich?", dachte er bei sich.

« Suis-je beaucoup moins sensible maintenant ? » pensa-t-il.

Inzwischen lutschte er gierig an dem Käse.

À ce moment-là, il suçait déjà goulûment le fromage.

Er fühlte sich vom Käse mehr angezogen als von den anderen Speisen.

Il était plus attiré par le fromage que par les autres aliments.

Er aß schnell ein Stück Käse nach dem anderen.

Il mangeait rapidement un morceau de fromage après l'autre.

Beim Genuss des Geschmacks traten ihm vor Zufriedenheit die Tränen in die Augen.

Ses yeux s'embuèrent de satisfaction à la vue de ce goût.

Nach dem Käse aß er das Gemüse und die Soße.

Après le fromage, il mangea les légumes et la sauce.

Das frische Essen schmeckte ihm jedoch nicht.

Cependant, les aliments frais ne lui plaisaient pas.

Tatsächlich konnte er nicht einmal den Geruch von frischen Lebensmitteln ertragen.

En fait, il ne supportait même pas l'odeur des aliments frais.

Er hat sogar die anderen Lebensmittel von den frischen Lebensmitteln weggezerrt.

Il a même éloigné les autres aliments des aliments frais.

Und im Nu hatte er auch noch das Essbare aufgegessen.

Et il a très vite terminé la nourriture la plus comestible.

Das ganze leckere Essen hatte eine schläfrig machende Wirkung auf ihn.

Tous ces mets délicieux avaient un effet soporifique sur lui.

Und er lag träge an der Stelle, wo er gegessen hatte.

Et il s'allongea paresseusement à l'endroit où il avait mangé.

Schließlich kam seine Schwester zurück, um noch einmal nach ihm zu sehen.

Finalement, sa sœur est revenue prendre de ses nouvelles.

Sie hatte die Weitsicht, den Schlüssel ganz langsam umzudrehen.

Elle a eu la prévoyance de tourner la clé très lentement.

Dies war für Gregor ein Warnsignal, sich zurückzuziehen.

Cela a averti Gregor qu'il devait se retirer.

Benommen und erschrocken huschte er zurück unter das Sofa.

Étourdi et surpris, il se précipita sous le canapé.

Doch diesmal war es nicht so einfach, unter dem Sofa zu bleiben.

Mais rester sous le canapé n'était pas si facile cette fois-ci.

Sein Körper war durch das viele Essen etwas runder geworden.

Son corps s'était un peu arrondi à cause de toute cette nourriture.

Und er musste sich beherrschen, nicht wieder auszulaufen.

Et il devait se retenir pour ne pas s'épuiser à nouveau.

Auch wenn die Schwester nicht lange im Zimmer blieb.

Même si la sœur n'est pas restée longtemps dans la chambre.

In dem engen Raum rang er nach Luft.

Il avait du mal à respirer dans cet espace étroit.

Doch er überwand die kurzen Anfälle von Atemnot.

Mais il a surmonté ces petites crises d'étouffement.

Mit aufgerissenen Augen beobachtete er die Aktivitäten der Schwester.

Les yeux exorbités, il observait les agissements de sa sœur.

Die ahnungslose Schwester schüttete alles in einen Eimer.

La sœur, sans se douter de rien, a tout versé dans un seau.

Sie entsorgte nicht nur das Essen, das Gregor nicht gegessen hatte.

Elle s'est non seulement débarrassée de la nourriture que Gregor n'avait pas mangée, mais elle l'a fait.

Aber sie entsorgte auch das Essen, das er nicht angerührt hatte.

Mais elle jetait aussi la nourriture qu'il n'avait pas touchée.

Offenbar war dieses Essen nun für niemanden mehr genießbar.

Apparemment, cet aliment n'était plus comestible pour personne.

Anschließend verschloss sie den Futtereimer mit einem Holzdeckel.

Elle referma ensuite le seau à nourriture avec un couvercle en bois.

Und mit dem Essen, dem Eimer und dem Wischmopp ging sie.

Et avec la nourriture, le seau et la serpillière, elle est partie.

Gregor hätte nicht mehr lange warten können.

Gregor n'aurait pas pu attendre beaucoup plus longtemps.

Sobald sie weg war, entkam er unter dem Sofa hervor.

Dès qu'elle fut partie, il s'échappa de sous le canapé.

Und er streckte sich aus und atmete erleichtert auf.

Il s'étira et souffla de soulagement.

So erhielt Gregor von nun an regelmäßig seine Nahrung.

C'est ainsi que Gregor recevait de la nourriture de temps à autre.

Seine Schwester gab ihm einmal früh am Morgen etwas zu essen.

Sa sœur lui a donné à manger une fois, tôt le matin.

Zu dieser Stunde schliefen die Eltern und das Dienstmädchen noch.

À cette heure-ci, les parents et la bonne dormaient encore.

Und er erhielt eine zweite Mahlzeit, nachdem alle anderen bereits zu Mittag gegessen hatten.

Et il a reçu un deuxième repas après le déjeuner de tout le monde.

Denn zu dieser Zeit schliefen die Eltern auch eine Weile.

Car à ce moment-là, les parents dormaient aussi un peu.

Und das Dienstmädchen wurde von der Schwester mit einer Besorgung weggeschickt.

Et la servante fut envoyée par la sœur faire une course.

Sie hatten ganz sicher nicht die Absicht, Gregor verhungern zu lassen.

Ils n'avaient certainement aucune intention de laisser Gregor mourir de faim.

Aber sie hätten ihm auch nicht beim Essen zusehen wollen.

Mais ils n'auraient pas voulu le regarder manger non plus.

Die Angaben der Schwester reichten als Information aus.

Les informations fournies par la sœur étaient suffisantes.

Vielleicht war es ihre Art, den Eltern den Kummer zu ersparen.

C'était peut-être sa façon d'épargner aux parents leur chagrin.

Sie hatten unter seinen Taten schon genug gelitten.

Ils avaient déjà suffisamment souffert de ses actes.

**Der erste Tag verblasste langsam zu einer fernen
Erinnerung.**

Le premier jour s'estompait peu à peu dans les mémoires.

**Gregor hatte keine Möglichkeit zu erfahren, was an diesem
Tag geschah.**

Gregor n'avait aucun moyen de savoir ce qui s'était passé ce
jour-là.

**Wie wurde der Schlüsseldienstmitarbeiter aus der Wohnung
geleitet?**

Comment le serrurier a-t-il été conduit hors de l'appartement ?

Mit welchen Ausreden war der Arzt schließlich zufrieden?

Quelles excuses ont finalement satisfait le médecin ?

Er hatte keinen Weg gefunden, sich verständlich zu machen.

Il n'avait trouvé aucun moyen de se faire comprendre.

**Es gelang ihm nicht einmal, mit seiner Schwester zu
kommunizieren.**

Il n'a même pas réussi à communiquer avec sa sœur.

Und so dachten sie, er könne sie nicht verstehen.

Ils en conclurent donc qu'il ne pouvait pas les comprendre.

**Und deshalb wurde auch kein Versuch unternommen, mit
ihm zu sprechen.**

C'est pourquoi aucun effort ne fut fait pour lui parler.

**Seine Schwester kam jeden Morgen und jeden Mittag in
sein Zimmer.**

Sa sœur venait dans sa chambre tous les matins et à midi.

Doch er musste sich damit begnügen, ihre Seufzer zu hören.

Mais il devait se contenter d'entendre ses soupirs.

**Später gewöhnte sie sich dann doch etwas mehr an Gregors
Gestalt.**

Plus tard, elle s'est un peu plus habituée à la forme de Gregor.

**Und sie fühlte sich etwas freier, weitere Bemerkungen zu
machen.**

Et elle se sentait un peu plus libre de faire davantage de
remarques.

(Obwohl sie sich nie ganz an ihn gewöhnen würde.)

(Même si elle ne s'y habituerait jamais complètement.)

Und dann fühlte sich Gregor wieder etwas mehr angesprochen.

Et puis Gregor eut de nouveau l'impression qu'on lui parlait un peu plus.

Und er nahm wahr, was er als freundliche Kommentare empfand.

Et il a perçu ce qu'il considérait comme des commentaires amicaux.

„Ihm hat das Essen heute geschmeckt" oder „Er hat alles aufgegessen".

"Il a apprécié son repas aujourd'hui", ou "il a tout mangé".

Das war aber erst der Fall, nachdem er sein gesamtes Essen aufgegessen hatte.

Mais cela n'arrivait que lorsqu'il avait fini de manger.

Doch in letzter Zeit kam dies immer seltener vor.

Mais récemment, cela devenait de plus en plus rare.

„Er hat sein Essen kaum angerührt", sagte sie jetzt immer öfter.

« Il touchait à peine à sa nourriture », disait-elle plus souvent maintenant.

Und jedes Mal schwang ein Hauch von Traurigkeit in ihrer Stimme mit.

Et il y avait une pointe de tristesse dans sa voix à chaque fois.

Gregor konnte keine anderen Nachrichten direkter empfangen.

Gregor ne pouvait entendre aucune autre nouvelle plus directement.

Aber er hörte viele Neuigkeiten aus den angrenzenden Zimmern mit.

Mais il a entendu beaucoup de choses se dire dans les pièces voisines.

Als er Stimmen hörte, rannte er zur entsprechenden Tür.

Lorsqu'il a entendu des voix, il a couru vers la porte correspondante.

Und er presste seinen ganzen Körper gegen die Tür, um zu hören.

Et il a plaqué tout son corps contre la porte pour entendre.

Alle Gespräche drehten sich in irgendeiner Weise um ihn.
Toutes les conversations le concernaient d'une manière ou d'une autre.
Selbst wenn es scheinbar um etwas ganz anderes ging.
Même lorsque le sujet semblait porter sur autre chose.
Diese Beobachtung traf insbesondere in der Anfangszeit zu.
Cette observation était particulièrement vraie au début.
Bei jeder Mahlzeit wiederholten sie die gleiche Diskussion.
À chaque repas, ils répétaient la même discussion.
Sie waren sich noch immer unsicher, wie sie sich ihm gegenüber verhalten sollten.
Ils ne savaient toujours pas comment se comporter en sa présence.
Das gleiche Thema wurde aber auch zwischen den Mahlzeiten besprochen.
Mais le même sujet a également été abordé entre les repas.
Weil immer zwei Familienmitglieder zu Hause waren.
Parce qu'il y avait toujours deux membres de la famille à la maison.
Niemand wollte allein im Haus bleiben.
Personne ne voulait rester seul à la maison.
Aber die Wohnung leer stehen zu lassen, kam auch nicht in Frage.
Mais laisser l'appartement vide était également hors de question.
Das Dienstmädchen war die Einzige, die nicht an die Wohnung gebunden war.
La femme de ménage était la seule à ne pas être attachée à l'appartement.
Sie hatte bereits am ersten Tag darum gebeten, gehen zu dürfen.
Elle avait déjà demandé à partir dès le premier jour.
Sie kniete nieder und flehte darum, entlassen zu werden.
Elle s'est agenouillée et a supplié qu'on la renvoie.
Die Familie wusste nicht, wie viel das Dienstmädchen tatsächlich wusste.
La famille ignorait l'étendue des connaissances de la bonne.

Zu diesem Zeitpunkt hatte sie nicht mehr gesehen als alle anderen.

À ce stade, elle n'en avait pas vu plus que quiconque.

Was geschehen war, blieb der Familie weiterhin ein Rätsel.

Ce qui s'était passé restait un mystère pour la famille.

Doch eine Viertelstunde später verabschiedete sie sich.

Mais un quart d'heure plus tard, elle fit ses adieux.

Und sie dankte der Familie mit Tränen in den Augen.

Et elle a remercié la famille, les larmes aux yeux.

Aber eigentlich dankte sie ihnen dafür, dass sie sie freigelassen hatten.

Mais en réalité, elle les remerciait de l'avoir libérée.

Sie schienen ihr größte Freundlichkeit entgegengebracht zu haben.

Ils semblaient lui avoir témoigné la plus grande bienveillance.

Sie leistete sogar einen Eid, ohne dazu aufgefordert worden zu sein.

Elle a même prêté serment, sans qu'on le lui demande.

Sie sagte, sie würde niemandem erzählen, was passiert war.

Elle a dit qu'elle ne dirait à personne ce qui s'était passé.

Nun musste die Schwester zusammen mit ihrer Mutter kochen.

Désormais, la sœur devait cuisiner avec sa mère.

Das war aber keine allzu große Unannehmlichkeit.

Mais ce n'était pas vraiment un inconvénient majeur.

Weil die beiden sowieso fast nichts aßen.

Parce que de toute façon, ils n'avaient presque rien mangé tous les deux.

Immer und immer wieder hörte Gregor dasselbe Gespräch mit.

Gregor surprenait sans cesse la même conversation.

Einer der beiden sagte dem anderen, er müsse mehr essen.

L'un disait à l'autre qu'il devait manger davantage.

Diese Person erhielt jedoch keine Antwort von der betreffenden Person.

Mais cette personne n'a reçu aucune réponse de son interlocuteur.

„Danke, ich habe genug", oder etwas Ähnliches.

« Merci, j'en ai assez », ou quelque chose de similaire.

Vielleicht tranken sie auch gar nichts mehr.

Peut-être qu'eux non plus ne buvaient plus rien.

Die Schwester fragte ihren Vater oft, ob er Bier wolle.

Sa sœur demandait souvent à son père s'il voulait de la bière.

Und sie bot freundlicherweise an, das Bier selbst zu holen.

Et elle a proposé chaleureusement d'aller chercher la bière elle-même.

Der Vater schwieg auf ihre Bitte hin stets.

Le père gardait toujours le silence à sa demande.

Die Schwester musste also einen Weg finden, jeden Zweifel auszuräumen.

La sœur devait donc trouver un moyen de dissiper tout doute.

Und sie sagte, sie würde das Dienstmädchen losschicken, um Bier zu holen.

Et elle a dit qu'elle enverrait la bonne chercher de la bière.

Doch dann sagte der Vater schließlich ein lautes, deutliches „Nein".

Mais finalement, le père a dit un grand « non » retentissant.

Das Thema, dass er ein Bier trank, wurde danach nicht mehr erwähnt.

Puis, on n'a plus évoqué le fait qu'il boive une bière.

Er hatte die finanzielle Situation bereits zuvor erläutert.

Il avait déjà expliqué la situation financière auparavant.

Tatsächlich sprach er schon am ersten Tag über Finanzen.

En fait, il a évoqué les finances dès le premier jour.

Er machte ihnen die Aussichten deutlich.

Il leur a bien fait comprendre quelles étaient les perspectives.

Sein eigenes Unternehmen war vor etwa fünf Jahren zusammengebrochen.

Sa propre entreprise avait fait faillite il y a environ cinq ans.

Hin und wieder stand er auf, um den Tisch zu verlassen.

De temps en temps, il se levait pour quitter la table.

Und er ging zur Kasse seines alten Geschäfts.

Et il se dirigea vers la caisse de son ancien commerce.

Aus Sentimentalität hatte er die Kasse aufgehoben.

Il avait conservé la caisse enregistreuse par sentimentalisme.

Gregor hörte, wie er ein schweres und kompliziertes Schloss öffnete.

Gregor l'entendit déverrouiller une serrure lourde et complexe.

Und er holte Quittungen und Bücher aus der Kasse.

Et il sortit des reçus et des livres de comptes de la caisse.

Nachdem er die Gegenstände an sich genommen hatte, schloss er die Geldkassette wieder ab.

Après avoir pris les objets, il a refermé la caisse à clé.

Gregor hatte seit seiner Gefangennahme keine guten Nachrichten mehr erhalten.

Gregor n'avait entendu aucune bonne nouvelle depuis son emprisonnement.

Er glaubte, das Geschäft habe seinen Vater in den Ruin getrieben.

Il pensait que l'entreprise avait ruiné son père.

Dieser Eindruck war Gregor vom Vater sicherlich vermittelt worden.

Le père avait certainement donné cette impression à Gregor.

Und Gregor fragte ihn nie wieder nach den Finanzen.

Et Gregor ne lui a plus jamais posé de questions sur les finances.

Gregor wollte alles tun, was er konnte, um der Familie zu helfen.

Gregor voulait faire tout son possible pour aider la famille.

Er wollte ihnen helfen, das geschäftliche Unglück zu vergessen.

Il voulait les aider à oublier leurs difficultés financières.

Der Bankrott, der zur völligen Hoffnungslosigkeit führte.

La faillite qui a engendré un désespoir total.

So begann er mit einer ganz besonderen Leidenschaft zu arbeiten.

Il s'est donc mis à travailler avec une passion toute particulière.

Er war quasi über Nacht zum Handelsreisenden geworden.

Il était devenu représentant de commerce itinérant presque du jour au lendemain.

Davor hatte er lediglich als schlecht bezahlter Angestellter gearbeitet.

Avant cela, il n'avait travaillé que comme commis mal payé.

Nun boten sich ihm völlig andere Verdienstmöglichkeiten.

Il avait désormais des opportunités de gains complètement différentes.

Erfolgreiche Verkäufe konnten sofort in Bargeld umgewandelt werden.

Les ventes réussies pouvaient être immédiatement converties en liquidités.

Das Geld wird natürlich aus seinen Provisionen ausgezahlt.

L'argent étant bien sûr versé sur ses commissions.

Nun konnte Gregor Geld auf den Familientisch bringen.

Désormais, Gregor pouvait mettre de l'argent sur la table familiale.

Und sie waren erstaunt und erfreut über seinen Verdienst.

Et ils étaient étonnés et ravis de ses gains.

Aber diese schönen Zeiten werden sich nicht wiederholen.

Mais ces beaux moments ne se reproduiront plus.

Sie hatten sich gerade erst an diese schönen Zeiten gewöhnt.

Ils commençaient tout juste à s'habituer à cette période faste.

Jeden Zahltag nahm die Familie das Geld dankbar entgegen.

À chaque paie, la famille acceptait l'argent avec gratitude.

Und Gregor war ebenso gern bereit, das Geld herauszugeben.

Et Gregor était tout aussi heureux de remettre l'argent.

Doch die im Gegenzug entgegengebrachte herzliche Zuneigung erlosch allmählich.

Mais la chaleureuse affection qu'elle suscitait en retour s'est peu à peu éteinte.

Nur seine Schwester stand Gregor noch so nahe wie zuvor.

Seule sa sœur restait aussi proche de Gregor qu'auparavant.

Im Gegensatz zu Gregor hatte sie eine tiefe Wertschätzung für Musik.

Elle, contrairement à Gregor, avait une profonde appréciation pour la musique.

Und sie konnte sehr berührend Geige spielen.

Et elle savait jouer du violon d'une manière très touchante.

Gregor plante insgeheim, sie auf eine Musikschule zu schicken.

Gregor avait secrètement prévu de l'envoyer dans une école de musique.

Er hatte noch nicht entschieden, wie er die Kosten decken würde.

Il n'avait pas encore décidé comment il réglerait les dépenses.

Aber irgendwie würde er die Kosten decken.

Mais d'une manière ou d'une autre, il couvrirait les frais.

Gelegentlich unternahmen Gregor und seine Familie Kurztrips.

De temps en temps, Gregor et sa famille partaient en courts séjours.

Gregor und seine Schwester sprachen oft über dieses Thema.

Gregor et sa sœur abordaient souvent ce sujet.

Es wurde aber immer nur als eine wunderbare Idee erwähnt.

Mais cela n'a jamais été évoqué que comme une idée merveilleuse.

Sie glaubten nicht wirklich, dass der Traum in Erfüllung gehen könnte.

Ils ne croyaient pas vraiment que ce rêve puisse se réaliser.

Und den Eltern gefielen solche fantasievollen Ambitionen nicht.

Et les parents n'appréciaient pas de telles ambitions fantaisistes.

Selbst wenn das Thema ganz harmlos angesprochen wurde.

Même lorsque le sujet a été abordé de manière tout à fait innocente.

Gregor dachte aber weiterhin an die Musikschule.

Mais Gregor continuait de penser à l'école de musique.

Und er hatte vor, das Geschenk am Heiligabend anzukündigen.

Et il prévoyait d'annoncer le cadeau la veille de Noël.

In seinem jetzigen Zustand wäre das natürlich unmöglich.

Bien sûr, dans son état actuel, ce serait impossible.

Doch solche Gedanken gingen ihm durch den Kopf.

Mais ce genre de pensées lui traversait l'esprit.

Und solche Gedanken kamen ihm, während er der Familie zuhörte.

Et telles étaient les pensées qui lui traversaient l'esprit en écoutant sa famille.

Manchmal war er zu müde, um ihnen weiter zuzuhören.

Parfois, il était trop fatigué pour continuer à les écouter.

Vor Erschöpfung sank sein Kopf gegen die Tür.

Sa tête s'est affaissée contre la porte, rongée par la fatigue.

Doch er legte sofort wieder seinen Kopf gegen die Tür.

Mais il appuya aussitôt de nouveau sa tête contre la porte.

Denn selbst das leiseste Geräusch war draußen zu hören.

Car même le moindre bruit s'entendait à l'extérieur.

Und jedes Geräusch, das er machte, brachte die Familie zum Schweigen.

Et le moindre bruit qu'il faisait plongeait la famille dans le silence.

„Was macht er denn jetzt?", fragte der Vater die Familie.

« Que fait-il maintenant ? » demanda le père à sa famille.

Und er ging zur Tür, um nachzusehen, was das Geräusch verursachte.

Il alla à la porte pour vérifier d'où venait le bruit.

Und dann wurde das unterbrochene Gespräch allmählich wieder aufgenommen.

Puis la conversation interrompue a repris progressivement.

Was der Vater aber sagte, überraschte alle auf positive Weise.

Mais les paroles du père ont agréablement surpris tout le monde.

Gregor erfuhr nun den wahren Stand der Finanzen.

Gregor apprit alors la véritable situation financière.

Trotz all des Unglücks gab es auch etwas Glück.

Malgré tous ces malheurs, il y a eu aussi un peu de chance.

Ein kleines Vermögen aus alten Zeiten war noch vorhanden.
Une petite fortune d'antan était encore là.
Der Vater erklärte die Dinge, musste sich aber wiederholen.
Le père a expliqué les choses, mais a dû se répéter.
Weil er sich eine Weile nicht mehr mit diesen Dingen befasst hatte.
Parce qu'il ne s'était pas occupé de ces choses depuis un certain temps.
Und weil die Mutter solche Dinge nicht verstand.
Et parce que la mère ne comprenait pas de telles choses.
Die Zinssätze der Bank waren etwas gestiegen.
Les taux d'intérêt de la banque avaient légèrement augmenté.
Das unberührte Geld hatte sich stärker erhöht als erwartet.
L'argent non utilisé avait augmenté plus que prévu.
Darüber hinaus hatte Gregor ihnen immer seine Ersparnisse gegeben.
De plus, Gregor leur avait toujours donné ses économies.
Er hatte nur wenige Gulden für sich behalten.
Il n'avait jamais gardé que quelques florins pour lui-même.
Und sein Geld war auch noch nicht vollständig aufgebraucht.
Et son argent n'avait pas été entièrement dépensé.
Zusammen hatte sich dieses Geld zu einem kleinen Kapital angesammelt.
Ensemble, ces sommes avaient constitué un petit capital.
Gregor nickte hinter seiner Tür eifrig zu der Nachricht.
Gregor, derrière sa porte, hocha la tête avec enthousiasme à la nouvelle.
Er war erfreut über diese unerwartete Vorsicht und Sparsamkeit.
Il était ravi de cette prudence et de cette frugalité inattendues.
Die überschüssigen Mittel hätten zur Tilgung der Schulden verwendet werden können.
Les fonds excédentaires auraient pu servir à rembourser la dette.
Dann hätten sie dem Chef nichts mehr geschuldet.
Ils n'auraient alors plus rien dû au patron.

Und Gregor hätte schon viel früher eine neue Stelle annehmen können.

Et Gregor aurait pu changer d'emploi bien plus tôt.

Aber so, wie der Vater es arrangiert hatte, war es jetzt viel besser.

Mais la façon dont le père s'y était pris était bien meilleure maintenant.

Das Geld reichte nicht ganz zum Leben von den Zinsen.

L'argent ne suffisait pas tout à fait pour vivre des intérêts.

Und ein Teil des Geldes musste für Notfälle zurückgelegt werden.

Et il a fallu mettre de l'argent de côté pour les urgences.

Das Geld hätte nur für ein oder zwei Jahre gereicht.

Cela n'aurait suffi que pour un an ou deux.

Das bedeutete, dass jemand Geld verdienen musste, damit sie leben konnten.

Cela signifiait que quelqu'un devait gagner de l'argent pour qu'ils puissent vivre.

Der Vater war nicht krank und er war stark genug.

Le père n'était pas malade et il était assez fort.

Doch er war seit mehr als fünf Jahren arbeitslos.

Mais il était sans emploi depuis plus de cinq ans.

Und aufgrund seines Alters hatte er kaum noch Selbstvertrauen.

Et, du fait de son âge, il lui restait peu de confiance en lui.

Er hatte in letzter Zeit auch deutlich an Gewicht zugenommen.

Il avait également pris beaucoup de poids ces derniers temps.

Sein Leben war stets mühsam und erfolglos gewesen.

Sa vie avait toujours été ardue et infructueuse.

Und dies war der erste Urlaub, den er je verbracht hatte.

Et c'étaient les premières vacances qu'il ait jamais prises.

Und da er nicht beschäftigt war, war er ziemlich ungeschickt geworden.

Et, faute d'être occupé, il était devenu assez maladroit.

Wäre es besser, wenn die alte Mutter das Geld verdienen würde?

Ne serait-il pas préférable que la vieille mère gagne l'argent ?

Die alte Mutter, die an Asthma litt.

La vieille mère qui souffrait d'asthme.

Die alte Mutter, die Mühe hatte, die Treppe hinaufzugehen.

La vieille mère qui peinait à monter les escaliers.

Die alte Mutter, die ihre Zeit damit verbrachte, auf dem Sofa zu liegen.

La vieille mère qui passait son temps allongée sur le canapé.

Die alte Mutter, die es vorzog, am Fenster zu sitzen.

La vieille mère qui préférait rester près de la fenêtre.

Damit sie bei Bedarf durchatmen konnte.

Pour qu'elle puisse reprendre son souffle quand elle en aurait besoin.

Wäre es besser, wenn die jüngere Schwester das Geld verdienen würde?

Ne serait-il pas préférable que ce soit la jeune sœur qui gagne l'argent ?

Die Schwester, die mit siebzehn Jahren noch ein Kind war.

La sœur, qui à dix-sept ans n'était encore qu'une enfant.

Die Schwester, die nur wenige, bescheidene Freuden hatte.

La sœur qui ne connaissait que quelques modestes plaisirs.

Die Schwester, die am liebsten Geige spielte.

La sœur qui aimait surtout jouer du violon.

Sie wusste, dass ihr bisheriger Lebensstil sehr beneidenswert war;

Elle savait que son mode de vie antérieur était très enviable ;

Sich schick anziehen, ausschlafen, im Haushalt helfen.

Bien s'habiller, faire la grasse matinée, aider à la maison.

Das Gespräch drehte sich oft um die Notwendigkeit, Geld zu verdienen.

La conversation tournait souvent autour de la nécessité de gagner de l'argent.

Gregor war immer der Erste, der die Tür losließ.

Gregor était toujours le premier à lâcher la porte.

Das Gespräch erfüllte ihn mit Scham und Trauer.

Cette conversation l'avait rempli de honte et de chagrin.

Also warf er sich auf das kühle Ledersofa.

Il se laissa donc tomber sur le canapé en cuir qui refroidissait.

Und den Rest der Nacht verbrachte er oft auf dem Sofa.

Et il passait souvent le reste de la nuit sur le canapé.

Er hat nie wirklich auf dem Sofa geschlafen, auch nicht nachts.

Il ne dormait jamais vraiment sur le canapé, ni la nuit.

Oft kratzte er stundenlang an dem Leder.

Souvent, il se contentait de gratter le cuir pendant des heures.

Manchmal schob er den Sessel ans Fenster.

D'autres fois, il poussait le fauteuil jusqu'à la fenêtre.

Allein dies erforderte von seiner Seite einen erheblichen Aufwand.

Cela a nécessité à lui seul beaucoup d'efforts de sa part.

Der Sessel half ihm, auf die Fensterbank zu klettern.

Le fauteuil l'a aidé à ramper jusqu'au rebord de la fenêtre.

Und von dort aus konnte er sich ans Fenster lehnen.

Et de là, il put s'appuyer contre la fenêtre.

Er empfand dabei stets ein großes Gefühl der Freiheit.

Il éprouvait un grand sentiment de liberté en faisant cela.

Vielleicht suchte er nach einem alten, befreienden Gefühl.

Peut-être recherchait-il une sensation de liberté d'antan.

Doch seine Sehkraft war nicht mehr so scharf wie früher.

Mais sa vue n'était plus aussi perçante qu'avant.

Dinge in geringer Entfernung waren verschwommen und undeutlich.

Les objets situés à une certaine distance étaient flous et indistincts.

Er konnte das Krankenhaus auf der anderen Straßenseite nicht mehr sehen.

Il ne pouvait plus voir l'hôpital de l'autre côté de la rue.

Vorher hatte er den Anblick verflucht, jetzt wollte er ihn sehen.

Avant, il maudissait le paysage, maintenant il voulait le voir.

Er wusste, dass er in der ruhigen, städtischen Charlottenstraße wohnte.

Il savait qu'il habitait dans la paisible Charlottenstrasse, en pleine ville.

Aber vielleicht dachte er, er blicke in die Wüste.

Mais il a peut-être cru qu'il regardait vers le désert.

Eine Ödnis, wo grauer Himmel und graue Erde verschmolzen.

Un désert où le ciel gris et la terre grise se confondaient.

Zweimal bemerkte die aufmerksame Schwester, dass der Stuhl verschoben worden war.

La sœur attentive remarqua à deux reprises que la chaise avait bougé.

Nachdem sie aufgeräumt hatte, schob sie den Stuhl zurück ans Fenster.

Après avoir rangé, elle a repoussé la chaise vers la fenêtre.

Und von nun an ließ sie sogar den Fensterflügel offen.

Et désormais, elle laissait même la fenêtre ouverte.

Gregor wünschte sich sehr, er hätte mit seiner Schwester sprechen können.

Gregor aurait vraiment souhaité pouvoir parler à sa sœur.

Er wollte ihr für alles danken, was sie für ihn getan hatte.

Il voulait la remercier pour tout ce qu'elle avait fait pour lui.

Dann hätte er ihre Dienste leichter toleriert.

Il aurait alors plus facilement toléré leurs services.

Doch so wie die Dinge standen, litt er darunter, dass sie ihm half.

Mais en l'état actuel des choses, il souffrait de son aide.

Die Schwester versuchte natürlich, die Peinlichkeit zu überspielen.

La sœur, bien sûr, a tenté de dissimuler la gêne.

Und sie tat ihr Bestes, so zu tun, als ob sie sich nicht belastet fühlte.

Et elle faisait de son mieux pour feindre de ne pas se sentir accablée.

Natürlich musste sie das erst einmal üben.

Bien sûr, c'est quelque chose qu'elle devait d'abord pratiquer.

Und je mehr Zeit verging, desto besser wurde sie darin.

Et plus le temps passait, plus elle devenait douée.

Gregor erhielt jedoch auch mehr Zeit, um ihr Täuschungsmanöver zu durchschauen.

Mais Gregor eut également plus de temps pour constater sa supercherie.

Schon das Betreten seines Zimmers durch sie war für ihn eine Tortur.

Même son entrée dans sa chambre était une épreuve pour lui.

Kaum war sie eingetreten, rannte sie direkt zum Fenster.

Dès qu'elle est entrée, elle a couru directement vers la fenêtre.

Sie nahm sich nicht einmal die Zeit, die Tür zu schließen.

Elle n'a même pas pris le temps de fermer la porte.

Normalerweise ersparte sie allen den Anblick von Gregors Zimmer.

Normalement, elle épargnait à tout le monde la vue de la chambre de Gregor.

Und mit hastigen Händen riss sie das Fenster auf.

Et elle ouvrit brusquement la fenêtre d'un geste rapide.

Dann atmete sie wieder, als ob sie erstickt wäre.

Puis elle reprit sa respiration comme si elle avait suffoqué.

Die einströmende Luft war kalt, und sie atmete tief durch.

L'air qui entrait était froid, et elle respira profondément.

Dennoch blieb sie noch eine Weile am Fenster stehen.

Mais elle resta néanmoins un moment près de la fenêtre.

Mit dieser Routine ängstigte sie Gregor zweimal täglich.

Elle effrayait Gregor deux fois par jour avec ce rituel.

Während sie im Zimmer war, zitterte er unter dem Sofa.

Pendant qu'elle était dans la pièce, il tremblait sous le canapé.

Er wusste, dass sie ihm diese Tortur gern erspart hätte.

Il savait qu'elle aurait aimé lui épargner cette épreuve.

Aber sie konnte nicht in dem Zimmer sein, wenn das Fenster geschlossen war.

Mais elle ne pouvait pas rester dans la pièce avec la fenêtre fermée.

Einmal kam sie etwas früher.

Il y a eu une fois où elle est arrivée un peu plus tôt.

Vermutlich etwa einen Monat nach Gregors Verwandlung.

Probablement environ un mois après la transformation de Gregor.

Sie hatte sich ein wenig an sein neues Aussehen gewöhnt.

Elle s'était plus ou moins habituée à sa nouvelle apparence.
Sie hatte also keinen Grund mehr, besonders schockiert zu sein.
Elle n'avait donc plus aucune raison d'être particulièrement choquée.
Sie fand ihn immer noch regungslos aus dem Fenster starrend vor.
Elle le trouva toujours immobile, le regard fixé par la fenêtre.
Er befand sich am schrecklichsten Ort, an dem er hätte sein können.
Il se trouvait dans le pire endroit où il aurait pu être.
Er wäre nicht überrascht gewesen, wenn sie nicht hereingekommen wäre.
Il n'aurait pas été surpris si elle n'était pas entrée.
Er hinderte sie daran, das Fenster zu öffnen.
Il l'empêcha d'ouvrir la fenêtre.
Sie verließ schnell wieder das Zimmer und schloss die Tür.
Elle quitta rapidement la pièce et ferma la porte.
Ein Fremder hätte zu allen möglichen Schlussfolgerungen gelangen können.
Un étranger aurait pu tirer toutes sortes de conclusions.
Vielleicht wartete er nur auf die Gelegenheit, sie zu beißen.
Peut-être attendait-il simplement l'occasion de la mordre.
Gregor versteckte sich natürlich sofort unter dem Sofa.
Gregor, bien sûr, s'est immédiatement caché sous le canapé.
Doch er musste bis Mittag warten, bis seine Schwester zurückkehrte.
Mais il dut attendre midi pour que sa sœur revienne.
Und sie wirkte viel unruhiger als sonst.
Et elle semblait beaucoup plus agitée que d'habitude.
Ihm wurde klar, dass der Anblick von ihm immer noch unerträglich war.
Il réalisa que sa vue lui était encore insupportable.
Der Anblick von ihm würde für sie weiterhin unerträglich bleiben.
Sa vue allait lui rester insupportable.

Sie konnte es wahrscheinlich nicht ertragen, auch nur einen Teil von ihm zu sehen.

Elle ne pouvait probablement pas supporter de le voir, même partiellement.

Ein kleines Teil ragte immer unter dem Sofa hervor.

Une petite partie dépassait toujours de sous le canapé.

Eines Tages trug er ein Bettlaken auf dem Rücken zum Sofa.

Un jour, il transporta un drap sur son dos jusqu'au canapé.

Er wollte verhindern, dass sie irgendetwas von ihm sah.

Il voulait lui épargner de voir quoi que ce soit de lui.

Er richtete das Bettlaken so aus, dass er vollständig verdeckt war.

Il arrangea le drap de façon à ce qu'il soit entièrement caché.

Selbst wenn sie sich bückte, könnte sie ihn nicht sehen.

Même si elle se baissait, elle ne pourrait pas le voir.

Für Gregor dauerte die gesamte Arbeit mehr als drei Stunden.

L'opération a pris à Gregor plus de trois heures.

Möglicherweise hielt sie das Bettlaken für überflüssig.

Elle a peut-être pensé que le drap était inutile.

Sie hätte gewusst, dass er das Bettlaken nicht wollte.

Elle aurait su qu'il ne voulait pas du drap.

Er tat es zu ihrem Wohlbefinden und nicht für sich selbst.

Il le faisait pour son confort, et non pour lui-même.

Und sie hätte das Bettlaken abnehmen können, wenn sie gewollt hätte.

Et elle aurait pu enlever le drap si elle l'avait voulu.

Aber sie ließ das Bettlaken dort, wo Gregor es hingelegt hatte.

Mais elle laissa le drap là où Gregor l'avait mis.

Und Gregor glaubte sogar, einen dankbaren Blick erhascht zu haben.

Et Gregor crut même avoir aperçu un regard reconnaissant.

Er hatte das Bettlaken vorsichtig mit dem Kopf angehoben.

Il avait doucement soulevé le drap avec sa tête.

Er wollte herausfinden, ob seiner Schwester die Vereinbarung gefiel.

Il voulait savoir si sa sœur appréciait cet arrangement.

Die ersten zwei Wochen waren für die Eltern am schwierigsten.
Les deux premières semaines ont été les plus difficiles pour les parents.
Sie brachten es nicht übers Herz, hereinzukommen und ihn zu sehen.
Ils n'ont pas eu le courage d'entrer et de le voir.
Er belauschte in dieser Zeit viele ihrer Gespräche.
Il a surpris plusieurs de leurs conversations à cette époque.
Sie nahmen alles, was die Schwester tat, voll und ganz zur Kenntnis.
Ils ont pleinement reconnu tout ce que faisait la sœur.
Auch wenn sie früher oft verärgert über sie waren.
Même s'ils étaient souvent agacés par elle.
Weil sie ein ziemlich nutzloses Mädchen gewesen zu sein schien.
Parce qu'elle semblait être une fille un peu inutile.
Nun warteten sie auf der anderen Seite des Raumes.
C'étaient maintenant eux qui attendaient de l'autre côté de la pièce.
Und sie war es, die den Raum betrat, um alles zu erledigen.
Et c'est elle qui est entrée dans la pièce pour tout faire.
Sobald sie herauskam, wollten sie alles wissen.
Dès qu'elle est sortie, ils ont voulu tout savoir.
Sie musste ihnen genau beschreiben, wie das Zimmer aussah.
Elle a dû leur décrire précisément l'aspect de la pièce.
„Was hat Gregor gegessen? Wie hat er sich diesmal verhalten?"
« Qu'est-ce que Gregor a mangé ? Comment s'est-il comporté cette fois-ci ? »
„War vielleicht eine leichte Verbesserung zu bemerken?"
«Y avait-il peut-être une légère amélioration à constater ?»
Die Mutter war übrigens tatsächlich mutiger.
La mère, d'ailleurs, était en réalité plus courageuse.

Und natürlich war es ihr eigener Sohn im Zimmer.
Et bien sûr, c'était son propre fils qui se trouvait dans la pièce.
Sie wollte Gregor eigentlich schon bald besuchen.
Elle souhaitait en fait rendre visite à Gregor assez rapidement.
Doch der Vater und die Schwester hielten sie zunächst zurück.
Mais au départ, son père et sa sœur l'ont retenue.
Sie brachten sehr rationale Argumente dafür vor, dass sie nicht gehen sollte.
Ils ont avancé des arguments très rationnels pour qu'elle n'y aille pas.
Gregor hörte ihren Argumenten sehr aufmerksam zu.
Gregor écouta très attentivement leur raisonnement.
Und er akzeptierte die Argumentation genauso wie seine Mutter.
Et il acceptait ce raisonnement autant que sa mère.
Später musste sie jedoch mit Gewalt zurückgehalten werden.
Plus tard, cependant, il a fallu la retenir par la force.
"Lasst mich zu Gregor hinein, er ist mein unglücklicher Sohn!"
«Laissez-moi entrer voir Gregor, c'est mon malheureux fils !»
"Verstehst du denn nicht, dass ich ihn aufsuchen muss?"
« Tu ne comprends pas que je dois aller le voir ? »
Gregor ließ sich ebenfalls von den Argumenten seiner Mutter überzeugen.
Gregor fut également convaincu par les arguments de sa mère.
Vielleicht hatte sie recht; es wäre gut, wenn sie hereinkäme.
Peut-être avait-elle raison ; ce serait bien qu'elle vienne.
Ihn jeden Tag zu besuchen, wäre viel zu viel.
Le voir tous les jours serait beaucoup trop lourd.
Aber ihn vielleicht einmal pro Woche zu sehen, könnte genügen.
Mais le voir une fois par semaine suffirait peut-être.
Sie versteht die Dinge vielleicht viel besser als die Schwester.
Elle pourrait comprendre les choses bien mieux que sa sœur.

Trotz all ihres Mutes war sie doch nur ein Kind.

Malgré tout son courage, elle n'était encore qu'une enfant.

Vielleicht war es kindliche Unbekümmertheit, die sie dazu veranlasste, diese Aufgabe anzunehmen.

Peut-être une insouciance enfantine l'a-t-elle poussée à entreprendre cette tâche.

Doch Gregors Wunsch, seine Mutter wiederzusehen, ging bald in Erfüllung.

Mais le souhait de Gregor de revoir sa mère se réalisa bientôt.

Tagsüber hielt sich Gregor vom Fenster fern.

Durant la journée, Gregor se tenait à l'écart de la fenêtre.

Dies tat er aus Rücksicht auf seine Eltern.

Il a agi ainsi par égard pour ses parents.

Er hatte nicht viel Platz, um auf dem Boden herumzukriechen.

Il n'avait pas beaucoup de place pour ramper sur le sol.

Es fiel ihm schwer, nachts still zu liegen.

Il avait du mal à rester immobile pendant la nuit.

Das Essen bereitete ihm nicht einmal mehr die geringste Freude.

Manger ne lui procurait plus le moindre plaisir.

Natürlich musste er sich irgendwie ablenken.

Bien sûr, il devait trouver un moyen de se distraire.

Um sich die Zeit zu vertreiben, kletterte er die Wände rauf und runter.

Pour se divertir, il grimpait et descendait les murs.

Und er kroch auch kopfüber an der Decke entlang.

Et il rampait aussi le long du plafond, la tête en bas.

Besonders glücklich war er, als er von der Decke hing.

Il était particulièrement heureux lorsqu'il était suspendu au plafond.

Es war etwas völlig anderes, als auf dem Boden zu liegen.

C'était complètement différent de s'allonger par terre.

In dieser Position fiel ihm das Atmen deutlich leichter.

Il trouvait qu'il respirait beaucoup plus facilement dans cette position.

Ein leichtes, aber angenehmes Kribbeln durchfuhr seinen Körper.
Une légère mais agréable vibration parcourut son corps.
Manchmal gab er sich seinem Glück sogar zu sehr hin.
Parfois, il se laissait même trop aller à son bonheur.
Manchmal ließ er sich ablenken und ließ die Decke los.
Il lui arrivait d'être distrait et de lâcher prise du plafond.
Und zu seiner eigenen Überraschung landete er wieder auf dem Boden.
Et à sa propre surprise, il atterrit de nouveau sur le sol.
Aber er hatte seinen Körper deutlich besser unter Kontrolle als zuvor.
Mais il maîtrisait bien mieux son corps qu'auparavant.
So verletzte er sich nun nicht mehr bei so heftigen Stürzen.
Ainsi, il ne se blessait plus lors de chutes aussi importantes.
Die Schwester bemerkte sofort Gregors neue Freude.
Sa sœur remarqua immédiatement le nouveau plaisir de Gregor.
Und dort, wo er gekrochen war, waren Klebstoffreste zu sehen.
Et on retrouvait des traces de colle là où il avait rampé.
Auch hier dachte die Schwester an Gregors Wohlbefinden.
Là encore, la sœur pensa au bien-être de Gregor.
Vielleicht würde er mehr Platz zum Herumkriechen begrüßen.
Il apprécierait peut-être d'avoir plus d'espace pour ramper.
Und der Gedanke hatte sich fest in ihrem Kopf verankert.
Et l'idée s'est fermement ancrée dans son esprit.
Einige der großen Möbelstücke behinderten seine Bewegungsfreiheit.
Certains meubles volumineux entravaient sa liberté de mouvement.
Da er nicht mehr arbeitete, brauchte er den Schreibtisch nicht mehr.
Il ne travaillait plus, il n'avait donc plus besoin du bureau.
Und die Schachtel nahm auch mehr Platz ein als nötig. ***
Et la boîte prenait plus de place que nécessaire. ***

Die Schwester war nicht in der Lage, diese Dinge allein zu bewegen.

La sœur n'était pas en mesure de déplacer ces choses seule.

Natürlich wagte sie es nicht, den Vater um Hilfe zu bitten.

Bien sûr, elle n'osait pas demander de l'aide à son père.

Das Dienstmädchen hätte ihr sicherlich auch nicht geholfen.

La bonne ne l'aurait certainement pas aidée non plus.

Das neue Dienstmädchen war tatsächlich ein Jahr jünger als sie.

La nouvelle femme de ménage était en réalité un an plus jeune qu'elle.

Sie hatte mutig die Rolle der ehemaligen Magd übernommen.

Elle avait courageusement endossé le rôle de l'ancienne bonne.

Doch ein Privileg wollte sie unbedingt haben.

Mais il y avait un privilège auquel elle tenait absolument.

Sie wollte die Küche stets verschlossen halten.

Elle voulait que la cuisine reste verrouillée en permanence.

Daher blieb der Schwester nichts anderes übrig, als ihre Mutter zu fragen.

La sœur n'avait donc pas d'autre choix que de demander à sa mère.

Unter Freudenschreien kam die Mutter herbei, um zu helfen.

La mère est venue à son secours en poussant des cris de joie.

Doch an der Tür zu Gregors Zimmer verstummte sie.

Mais elle se tut devant la porte de la chambre de Gregor.

Die Schwester überprüfte, ob im Zimmer alles in Ordnung war.

La sœur a vérifié que tout était en ordre dans la chambre.

Gregor hatte das Bettlaken hastig noch straffer gezogen.

Gregor avait tiré précipitamment encore plus fort sur le drap.

Obwohl das Bettlaken immer noch willkürlich angeordnet aussah.

Bien que le drap-housse paraisse encore disposé au hasard.

Erst dann ließ sie ihre Mutter ins Zimmer.

Et ce n'est qu'alors qu'elle laissa sa mère entrer dans la pièce.

Gregor verzichtete auch darauf, unter dem Laken hervorzuspähen.
Gregor s'abstint également d'espionner sous le drap.
Er beschloss, diesmal auf einen Besuch bei seiner Mutter zu verzichten.
Il a décidé de ne pas voir sa mère cette fois-ci.
Gregor war schon froh genug, dass sie überhaupt gekommen war.
Gregor était déjà content qu'elle soit venue.
„Komm herein, du kannst ihn nicht sehen", sagte die Schwester.
«Entrez, vous ne pouvez pas le voir», dit la sœur.
Gregor nahm an, dass sie ihre Mutter an der Hand führte.
Gregor supposa qu'elle tenait sa mère par la main.
Dann hörte er, wie die beiden schwachen Frauen die Möbel verrückten.
Puis il entendit les deux femmes, faibles, déplacer les meubles.
Die Schwester schien den größten Teil der Arbeit für sich zu beanspruchen.
La sœur semblait s'attribuer la majeure partie du travail.
Ihre Mutter befürchtete, sie würde sich überanstrengen.
Sa mère craignait qu'elle ne s'épuise.
Doch die Schwester schenkte diesen Warnungen keine Beachtung.
Mais la sœur n'a prêté aucune attention à ces avertissements.
Doch auch nach fünfzehn Minuten ging es nur sehr langsam voran.
Mais même après quinze minutes, les progrès étaient très lents.
Es war ihnen nicht gelungen, die Möbel weit zu bewegen.
Ils n'avaient pas réussi à déplacer les meubles très loin.
Langsam beschlich sie ein Gefühl der Niederlage.
Ils commençaient lentement à ressentir un sentiment de défaite.
Die Mutter war die Erste, die die Sinnlosigkeit eingestand.
La mère fut la première à reconnaître l'inutilité de la démarche.

"Vielleicht wäre es besser, die Schachtel hier zu lassen."

« Il vaudrait peut-être mieux laisser la boîte ici. »

„Die Kiste ist zu schwer, als dass wir sie noch viel weiter bewegen könnten."

« Le carton est trop lourd pour que nous puissions le déplacer plus loin. »

„Und wir werden nicht fertig sein, bevor dein Vater eintrifft."

« Et nous n'aurons pas terminé avant l'arrivée de votre père. »

„Wenn wir die Kiste hier lassen würden, würde das seinen Weg nur noch mehr versperren."

« Laisser la boîte ici lui barrerait encore plus le passage. »

Und können wir sicher sein, dass wir ihm damit einen Gefallen tun?

« Et pouvons-nous être sûrs de lui rendre service ? »

Sie begannen zu glauben, dass das Gegenteil durchaus der Fall sein könnte.

Ils commencèrent à penser que le contraire pourrait bien être vrai.

Der Anblick der leeren Wand lastete schwer auf ihrem Herzen.

La vue du mur vide lui pesait lourdement sur le cœur.

Was spricht dagegen, dass Gregor das auch so empfinden würde?

Qui nous dit que Gregor ne ressentirait pas la même chose ?

„Er hat sich bereits an die Möbel in seinem Zimmer gewöhnt."

«Il est déjà habitué aux meubles de sa chambre.»

„In einem leeren Zimmer könnte er sich noch verlassener fühlen."

«Il pourrait se sentir encore plus abandonné dans une pièce vide.»

Ihre Stimme war inzwischen fast zu einem Flüstern gesunken.

À ce moment-là, sa voix s'était presque réduite à un murmure.

Sie wusste tatsächlich nicht, wo sich Gregor genau aufhielt.

Elle ignorait en réalité où se trouvait exactement Gregor.

Sie wollte nicht einmal, dass er ihre Stimme hörte.

Elle ne voulait même pas qu'il entende sa voix.

Obwohl sie sich sicher war, dass er sie nicht verstand.

Bien qu'elle fût certaine qu'il ne la comprenait pas.

„Würde es nicht so aussehen, als hätten wir ihn völlig aufgegeben?"

« N'aurait-on pas l'impression de l'avoir complètement abandonné ? »

"Wird er nicht das Gefühl haben, dass wir ihn mit der Situation allein lassen?"

«N'aura-t-il pas l'impression qu'on le laisse se débrouiller seul ?»

„Wir sollten den Raum genau so verlassen, wie er war."

«Nous devrions laisser la pièce exactement comme elle était.»

„Irgendwann wird Gregor zu uns zurückkehren, so wie er war."

« Gregor finira par nous revenir comme avant. »

„Dann wird er feststellen, dass alles noch an seinem Platz ist."

«Alors il constatera que tout est encore à sa place.»

„Und er wird die Übergangszeit viel leichter vergessen."

« Et il oubliera beaucoup plus facilement la période intermédiaire. »

Als Gregor diese Worte hörte, begriff er etwas.

En entendant ces mots, Gregor réalisa quelque chose.

Sein Verstand war in den letzten zwei Monaten verwirrt worden.

Son esprit était devenu confus au cours des deux derniers mois.

Der Mangel an menschlicher Interaktion hatte ihm nicht gutgetan.

Le manque d'interactions humaines ne lui avait pas fait de bien.

Er brauchte das eintönige Leben im Kreise seiner Familie wirklich.

Il avait vraiment besoin de la vie monotone au sein de sa famille.

Warum sonst hätte er eine solch unsinnige Forderung gestellt?

Pourquoi aurait-il formulé une demande aussi absurde autrement ?

Welchen Sinn sollte es denn haben, sein Zimmer zu räumen?

Quel sens pouvait-il y avoir à vider sa chambre ?

Das gemütliche Zimmer war mit geerbten Möbeln eingerichtet.

La chambre confortable est meublée de meubles hérités.

Warum sollte er diese bekannte Wärme in eine Höhle verwandeln wollen?

Pourquoi voudrait-il transformer cette chaleur familière en une grotte ?

Eine Höhle, in der er ungestört in alle Richtungen kriechen konnte.

Une grotte où il pouvait ramper en toute tranquillité dans toutes les directions.

Doch in einer Höhle vergaß er rasch seine menschliche Vergangenheit.

Mais une grotte où il oublia rapidement son passé humain.

Er fragte sich, ob er schon kurz davor war, alles zu vergessen.

Il se demandait s'il était déjà sur le point d'oublier.

Die Stimme seiner Mutter hatte ihn aufgerüttelt und seine Erinnerung wachgerufen.

La voix de sa mère l'avait secoué et lui avait fait se souvenir.

Die Stimme, die er so lange nicht gehört hatte.

La voix qu'il n'avait pas entendue depuis si longtemps.

Nichts durfte entfernt werden; alles musste bleiben.

Il ne fallait rien enlever ; tout devait rester.

Die Möbel wirkten sich positiv auf seinen Zustand aus.

Le mobilier a eu un effet positif sur son état.

Und ohne diesen Anker zur Vergangenheit konnte er nicht zurechtkommen.

Et il ne pouvait pas s'en sortir sans ce lien avec le passé.

Die Möbel hinderten ihn daran, sinnlos herumzukriechen.

Les meubles l'empêchaient de ramper sans but.

Das war aber kein Verlust, sondern vielmehr ein großer Vorteil.

Mais ce n'était pas une perte ; c'était au contraire un grand avantage.

Leider hatte die Schwester eine ganz andere Meinung.

Malheureusement, sa sœur avait un avis très différent.

Sie war gewissermaßen zu einer Sprecherin Gregors geworden.

Elle était en quelque sorte devenue la porte-parole de Gregor.

Natürlich war ihre Meinung nicht völlig unberechtigt.

Bien sûr, son opinion n'était pas totalement injustifiée.

Doch der Meinung ihrer Mutter musste hier widersprochen werden.

Mais l'opinion de sa mère devait être contredite ici.

Es war nicht nur die Kiste, die nun entfernt werden musste.

Il ne s'agissait plus seulement d'enlever la boîte.

Sein Schreibtisch und der Kleiderschrank konnten ebenfalls nicht bleiben.

Son bureau et son armoire ne pouvaient pas rester en place non plus.

Das Einzige, was unverzichtbar war, war das Sofa.

La seule chose indispensable était le canapé.

Sie hat diese Entscheidung nicht aus kindischem Trotz getroffen.

Elle n'a pas pris cette décision par simple rébellion enfantine.

Es lag auch nicht an ihrem erst kürzlich gewonnenen Selbstvertrauen.

Ce n'était pas non plus sa confiance en soi récemment acquise.

Das neue Selbstvertrauen, das sie hatte, trieb sie an, so hart für den Sieg zu arbeiten.

La nouvelle confiance qu'elle avait acquise lui a permis de travailler si dur pour gagner.

Auch wenn niemand erwartet hatte, dass sie dazu in der Lage sein würde.

Même si personne ne s'attendait à ce qu'elle y parvienne.

Gregor brauchte tatsächlich viel Platz zum Kriechen.

Gregor avait vraiment besoin de beaucoup d'espace pour ramper.

Die Möbel schränkten den ihm zur Verfügung stehenden Raum zusätzlich ein.

Le mobilier ne faisait que réduire l'espace dont il disposait.

Sie konnte diese Dinge besser sehen als die Mutter.

Elle était capable de mieux voir ces choses que sa mère.

Aber vielleicht spielte auch ihre romantische Ader eine Rolle.

Mais peut-être que son esprit romantique a aussi joué un rôle.

Mädchen in diesem Alter entwickeln oft eine gewisse Begeisterung.

Les filles de cet âge acquièrent souvent un certain enthousiasme.

Und sie verspüren das Bedürfnis, ihren Willen durchzusetzen, wann immer es ihnen möglich ist.

Et ils éprouvent le besoin d'obtenir ce qu'ils veulent chaque fois qu'ils le peuvent.

Vielleicht wollte sie ihn deshalb heimlich sabotieren.

C'est peut-être pour cela qu'elle voulait le saboter en secret.

Noch furchterregender ist er, wenn er an den Wänden entlangkriecht.

Il est encore plus terrifiant lorsqu'il rampe sur les murs.

Die Eltern trauten sich nicht mehr, das Zimmer zu betreten.

Les parents n'osaient plus entrer dans la pièce.

Sie wäre tatsächlich die alleinige Betreuerin ihres Bruders.

Elle serait véritablement la seule à prendre soin de son frère.

Sie ließ sich von ihrer Mutter nicht umstimmen.

Elle ne laissa pas sa mère la persuader du contraire.

Gregors Mutter fühlte sich in dem Zimmer bereits unwohl.

La mère de Gregor se sentait déjà mal à l'aise dans la pièce.

Sie hörte bald auf zu sprechen und half ihrer Tochter erneut.

Elle cessa bientôt de parler et aida de nouveau sa fille.

Mit ihren letzten Kräften entfernten sie den Kleiderschrank.

Avec leurs forces restantes, ils ont enlevé l'armoire.

Auf die Kommode konnte er verzichten.

La commode, il pouvait s'en passer.

Der Schreibtisch musste aber vorerst dort bleiben.

Mais le bureau allait devoir rester en place pour le moment.

Während die Frauen weg waren, versuchte er, sich einen Überblick über den Raum zu verschaffen.

Pendant l'absence des femmes, il tenta d'évaluer la pièce.

Und Gregor streckte seinen Kopf unter dem Sofa hervor.

Et Gregor passa la tête sous le canapé.

Er musste sehen, was er in dieser Situation tun konnte.

Il devait voir ce qu'il pouvait faire face à la situation.

Aber er war so vorsichtig und rücksichtsvoll wie möglich.

Mais il a été aussi prudent et attentionné que possible.

Leider war es die Mutter, die zuerst zurückkehrte.

Malheureusement, c'est la mère qui est revenue la première.

Grete war noch dabei, den Kleiderschrank im Nebenzimmer umzustellen.

Grete était encore en train de déplacer l'armoire dans la pièce voisine.

Die Mutter war den Anblick Gregors jedoch nicht gewohnt.

Mais la mère n'était pas habituée à la vue de Gregor.

Schon ein flüchtiger Blick auf ihn hätte sie krank machen können.

Un simple aperçu de lui aurait pu la rendre malade.

Gregor eilte rückwärts zum anderen Ende des Sofas.

Gregor recula précipitamment jusqu'à l'autre bout du canapé.

Aber er konnte sich nicht zurücklehnen und das Bettlaken ausbalancieren.

Mais il ne pouvait pas reculer et maintenir le drap en équilibre.

Die Bewegung reichte aus, um die Aufmerksamkeit der Mutter zu erregen.

Ce mouvement suffit à attirer l'attention de la mère.

Sie hielt inne und verharrte einen kurzen Moment ganz still.

Elle marqua une pause et resta immobile un bref instant.

Dann drehte sie sich um und verließ das Zimmer wieder.

Puis elle se retourna et sortit de la pièce.

Gregor redete sich immer wieder ein, dass nichts Ungewöhnliches passiert sei.

Gregor se répétait sans cesse que rien d'inhabituel ne s'était
produit.

**„Es handelt sich lediglich um ein paar Möbelstücke, die
weggebracht wurden."**

« Ce ne sont que quelques meubles qui ont été emportés. »

**Doch schon bald musste er zugeben, dass ihn die Ereignisse
mitgenommen hatten.**

Mais il dut bientôt admettre que ces événements l'avaient
affecté.

Die Frauen hatten alles, was sie taten, auch gesagt.

Les femmes disaient tout ce qu'elles faisaient.

Sie waren im Zimmer auf und ab gegangen.

Ils faisaient des allers-retours dans la pièce.

Das Kratzen aller Möbelstücke auf dem Boden.

Le bruit des meubles qui grattent le sol.

Er hatte das Gefühl, von allen Seiten angegriffen zu werden.

Il avait l'impression d'être assailli de toutes parts.

Er zog Kopf und Beine so fest wie möglich an.

Il replia sa tête et ses jambes aussi fort qu'il le put.

Mit aller Kraft presste er seinen Körper zu Boden.

De toutes ses forces, il plaqua son corps au sol.

**Er wusste, dass er das alles nicht mehr lange aushalten
konnte.**

Il savait qu'il ne pourrait pas supporter tout cela encore
longtemps.

**Sie räumten sein Zimmer aus und nahmen alles mit, was
ihm lieb und teuer war.**

Ils ont vidé sa chambre et ont pris tout ce qu'il aimait.

**Sie hatten bereits die Kiste mit all seinen Werkzeugen
mitgenommen.**

Ils avaient déjà pris la boîte contenant tous ses outils.

Nun lockerten sie seinen schweren Schreibtisch vom Boden.

Ils étaient en train de déloger son lourd bureau du sol.

**Der Schreibtisch, an dem er nach seiner Rückkehr von der
Arbeit gearbeitet hatte.**

Le bureau sur lequel il avait travaillé en rentrant du travail.

Der Schreibtisch, an dem er seine Geschäftsaufgaben erledigt hatte.
Le bureau sur lequel il avait noté ses missions professionnelles.
Der Schreibtisch, an dem er in der Sekundarschule seine Hausaufgaben gemacht hatte.
Le bureau sur lequel il avait fait ses devoirs au collège.
Ja, diesen Schreibtisch hatte er schon in der Grundschule.
Oui, il avait déjà eu ce bureau à l'école primaire.
Er hatte wirklich keine Zeit, sich von ihren guten Absichten zu überzeugen.
Il n'a vraiment pas eu le temps de vérifier leurs bonnes intentions.
Obwohl er beinahe vergessen hatte, dass sie überhaupt da waren.
Bien qu'il ait presque oublié leur présence.
Weil sie vor Erschöpfung still arbeiteten.
Parce qu'ils travaillaient en silence, épuisés.
Sie waren zu müde, um ihre Bewegungen jetzt noch bekannt zu geben.
Ils étaient trop fatigués pour annoncer leurs mouvements maintenant.
Alles, was er hörte, waren ihre schweren Schritte auf dem Boden.
Il n'entendait que leurs lourds pas sur le sol.
Genau in diesem Moment lehnten sie an der Kiste.
À ce moment précis, ils étaient appuyés contre la boîte.
Und da kam Gregor unter dem Sofa hervor.
Et c'est alors que Gregor est sorti de sous le canapé.
Er änderte viermal seine Laufrichtung.
Il a changé de direction à quatre reprises.
Er konnte sich nicht entscheiden, welcher Gegenstand zuerst gerettet werden musste.
Il n'arrivait pas à se décider quel objet sauver en premier.
Plötzlich richtete sich sein Blick auf die leere Wand.
Soudain, son attention fut attirée par le mur vide.

Alles, was sie ihm hinterlassen hatten, war das Bild der Dame im Pelzmantel.

Ils ne lui avaient laissé que la photo de la dame en fourrure.

Er kroch zu dem Bild und drückte seinen Körper an sie.

Il rampa jusqu'à la photo pour coller son corps contre le sien.

Und sein Körper verdeckte vollständig das Bild.

Et son corps masquait complètement la vue de la photo.

Das Glas stützte ihn und kühlte seinen heißen Bauch.

Le verre le soutenait et apaisait son ventre brûlant.

Dieses Foto konnte ihm nicht mehr abgenommen werden.

On ne pouvait plus lui enlever cette photo.

Dann wandte er den Kopf zur Wohnzimmertür.

Puis il tourna la tête vers la porte du salon.

Er wollte zusehen, wie die Frauen ins Zimmer zurückkehrten.

Il allait les regarder retourner dans la pièce.

Und sie ruhten sich nicht lange aus, bevor sie wieder zurückkehrten.

Et ils ne se reposèrent pas longtemps avant de revenir.

Grete hatte den Arm um ihre Mutter gelegt, um ihr beim Gehen zu helfen.

Grete avait le bras autour de sa mère pour l'aider à marcher.

„Was sollen wir denn jetzt nehmen?“, fragte Grete und blickte sich um.

« Que prenons-nous maintenant ? » demanda Grete en regardant autour d'elle.

Genau in diesem Moment trafen sich ihre Blicke mit Gregors.

À ce moment précis, son regard croisa celui de Gregor.

Trotz des Schocks behielt sie die Fassung.

Malgré le choc, elle a gardé son sang-froid.

Vermutlich nur wegen der Anwesenheit ihrer Mutter.

Probablement uniquement à cause de la présence de sa mère.

Sie neigte ihr Gesicht zu ihrer Mutter und verdeckte ihr die Sicht.

Elle pencha le visage vers sa mère, lui cachant la vue.

Und dann sagte sie, zitternd und gedankenlos:

Et puis elle dit, d'une voix tremblante et sans réfléchir :
"Kommt schon, sollten wir nicht zurück ins Wohnzimmer gehen?"
«Allez, on ne devrait pas retourner au salon ?»
Gregor konnte die Absichten der Schwester leicht verstehen.
Gregor comprenait aisément les intentions de sa sœur.
Ihre oberste Priorität war es, ihre Mutter in Sicherheit zu bringen.
Sa priorité absolue était de mettre sa mère en sécurité.
Aber dann wollte sie ihn von der Mauer herunterjagen.
Mais ensuite, elle allait le poursuivre depuis le mur.
„Nun, sie kann es ja versuchen!", dachte Gregor bei sich.
« Eh bien, elle peut toujours essayer ! » pensa Gregor.
Er behielt sein Bild fest im Blick und gab es nicht her.
Il s'assit fermement sur son tableau et ne le lâcha pas.
Am liebsten wäre er der Schwester ins Gesicht gesprungen.
Il aurait préféré sauter au visage de sa sœur.
Doch Gretes Worte hatten ihre Mutter noch mehr beunruhigt.
Mais les paroles de Grete avaient encore plus inquiété sa mère.
Sie trat beiseite, um zu sehen, was vor ihr verborgen wurde.
Elle s'écarta pour voir ce qu'on lui cachait.
Und sie sah den braunen Fleck auf der geblümten Tapete.
Et elle vit la tache brune sur le papier peint à fleurs.
Und sie schrie auf, noch bevor sie merkte, dass es Gregor war.
Et elle a crié avant même de réaliser que c'était Gregor.
"Oh Gott", schrie sie mit ausgestreckten Armen.
« Oh mon Dieu ! » hurla-t-elle en tendant les bras.
Und sie sank auf die Couch, als hätte sie aufgegeben.
Et elle s'est effondrée sur le canapé comme si elle avait renoncé.
„Gregor!", rief die Schwester ihm mit erhobener Faust zu.
« Gregor ! » cria sa sœur en levant le poing.
Und sie warf ihm einen langen, harten und durchdringenden Blick zu.
Et elle lui lança un regard long, dur et pénétrant.

Dies war das erste Mal, dass sie direkt mit ihm gesprochen hatte.
C'était la première fois qu'elle lui parlait directement.
Sie rannte ins Nebenzimmer, um Riechsalz zu holen.
Elle a couru dans la pièce voisine pour aller chercher des sels d'ammoniaque.
Sie musste ihre Mutter wieder zum Bewusstsein bringen.
Elle devait ramener sa mère à la conscience.
Gregor wollte helfen, er konnte das Bild später aufbewahren.
Gregor voulait aider, il pourrait sauvegarder la photo plus tard.
Doch er war fest an der Glasscheibe festgeklebt.
Mais il s'était solidement collé à la vitre.
Deshalb musste er sich mit großer Kraft losreißen.
Il a donc dû s'arracher à ce point en utilisant beaucoup de force.
Auch er rannte in den nächsten Raum, wo sich die Schwester befand.
Il courut lui aussi dans la pièce voisine, où se trouvait sa sœur.
Früher hätte er ihr vielleicht einen Rat geben können.
Autrefois, il aurait pu lui donner quelques conseils.
Doch nun konnte er nichts anderes tun, als tatenlos zuzusehen.
Mais à présent, il ne pouvait rien faire d'autre que rester là, impuissant, et regarder.
Sie durchwühlte die Schublade und öffnete verschiedene Flaschen.
Elle fouilla dans le tiroir, ouvrant diverses bouteilles.
Und er erschreckte sie immer noch, als sie sich umdrehte.
Et il lui faisait encore peur quand elle se retournait.
Eine Flasche fiel zu Boden, zerbrach und splitterte.
Une bouteille est tombée par terre, s'est cassée et a éclaté.
Ein Glassplitter traf Gregor im Gesicht und verletzte ihn.
Un éclat de verre a frappé Gregor au visage et l'a blessé.
Die Flasche hatte eine Art ätzende Flüssigkeit enthalten.
La bouteille contenait une sorte de liquide caustique.

Und nun brannte die ätzende Flüssigkeit auf Gregors Gesicht.

Et maintenant, le liquide corrosif brûlait le visage de Gregor.

Die Schwester hatte jedoch im Moment keine Zeit für Gregor.

Sa sœur, cependant, n'avait pas de temps à consacrer à Gregor pour le moment.

Sie sammelte so viele Flaschen ein, wie sie tragen konnte.

Elle ramassa autant de bouteilles qu'elle put.

Und sie rannte mit der Medizin zurück zu ihrer Mutter.

Et elle est retournée en courant vers sa mère avec les médicaments.

Sie schlug die Tür mit dem Fuß zu und schloss Gregor aus.

Elle claqua la porte du pied, empêchant Gregor d'entrer.

Nun war er von seiner möglicherweise sterbenden Mutter abgeschnitten.

Il était désormais coupé de sa mère, potentiellement mourante.

Wenn er die Tür öffnete, würde er die Schwester verjagen.

S'il ouvrait la porte, il chasserait sa sœur.

Aber natürlich musste sie bleiben, um sich um die Mutter zu kümmern.

Mais bien sûr, elle devait rester pour s'occuper de sa mère.

Es gab für ihn nichts anderes zu tun, als auf sie zu warten.

Il ne pouvait plus rien faire d'autre qu'attendre.

Von Selbstvorwürfen und Angst geplagt, begann er zu kriechen.

Rongé par les remords et l'anxiété, il se mit à ramper.

Er kroch überall hin; an Wänden, Möbeln, der Decke.

Il rampait partout : sur les murs, les meubles, le plafond.

Er hatte das Gefühl, als würde sich der ganze Raum um ihn drehen.

Il avait l'impression que toute la pièce tournait autour de lui.

Schließlich fiel er, verzweifelt und schwindlig, wieder zu Boden.

Finalement, désespéré et pris de vertiges, il retomba.

Und er fiel direkt auf den großen Esstisch.

Et il est tombé directement sur la grande table de la salle à manger.

Er lag eine Weile da, betäubt und unfähig sich zu bewegen.

Il resta allongé là un certain temps, engourdi et incapable de bouger.

Er war erschöpft von all dem, was ihm dieser Tag gebracht hatte.

Il était épuisé par tout ce que cette journée lui avait apporté.

Es herrschte ringsum Stille, aber vielleicht war das ein gutes Zeichen.

Le silence régnait partout, mais c'était peut-être bon signe.

Dann zerriss das Klingeln an der Haustür die Stille.

Puis, brisant le silence, la sonnette retentit à l'extérieur.

Das Dienstmädchen hatte sich natürlich in ihrer Küche eingeschlossen.

La bonne, bien sûr, s'était enfermée dans sa cuisine.

Die Schwester war also die Einzige, die die Tür öffnen konnte.

La sœur était donc la seule à pouvoir ouvrir la porte.

„Was ist passiert?", fragte der Vater als Erstes.

« Que s'est-il passé ? » fut la première question du père.

Gretes Erscheinung hatte ihm wahrscheinlich alles verraten.

L'apparence de Grete lui avait probablement tout dit.

Gretes Stimme wurde beim Sprechen gedämpft und dumpf.

La voix de Grete devint étouffée et monotone tandis qu'elle parlait.

Sie muss ihr Gesicht an die Brust ihres Vaters gedrückt haben.

Elle a dû enfouir son visage contre la poitrine de son père.

„Mutter war bewusstlos, aber es geht ihr jetzt besser."

« Maman était inconsciente, mais elle va mieux maintenant. »

„Gregor ist entkommen", fügte sie hinzu, was er auch erwartet hatte.

« Gregor s'est échappé », a-t-elle ajouté, ce à quoi il s'attendait.

"Ich habe dir doch immer gesagt, dass er eines Tages ausbrechen würde."

« Je vous l'ai toujours dit, il allait s'échapper un jour. »

„Aber ihr Frauen wolltet mir ja nicht zuhören, nicht wahr?"

« Mais vous, les femmes, vous ne vouliez pas m'écouter, n'est-ce pas ? »

Gregor erkannte schnell, wie sein Vater die Dinge sehen würde.

Gregor comprit rapidement comment son père verrait les choses.

Er hatte Gretes allzu kurze Nachricht falsch interpretiert.

Il avait mal interprété le message trop bref de Grete.

Er nahm an, Gregor habe eine Gewalttat begangen.

Il supposa que Gregor avait commis un acte de violence.

Gregor musste einen Weg finden, seinen Vater irgendwie zu besänftigen.

Gregor devait trouver un moyen d'apaiser son père d'une manière ou d'une autre.

Weil er keine Zeit hatte, ihm die Dinge zu erklären.

Parce qu'il n'avait pas le temps de lui expliquer les choses.

Aber er hätte die Dinge ohnehin nicht erklären können.

Mais de toute façon, il n'aurait pas été capable d'expliquer les choses.

Da flüchtete er zur Tür und drückte sich dagegen.

Il s'est donc enfui vers la porte et s'y est plaqué.

So konnte sein Vater ihn vom Vorzimmer aus sehen.

Ainsi, son père pourrait le voir depuis l'antichambre.

Und er würde erkennen, dass er die besten Absichten hatte.

Et il pourrait constater qu'il avait les meilleures intentions.

Es war nicht nötig, ihn mit einem Besen zurückzudrängen.

Il n'était pas nécessaire de le repousser avec un balai.

Der Vater hätte lediglich die Tür öffnen müssen.

Il aurait suffi que le père ouvre la porte.

Doch er hatte keine Lust, solche Feinheiten zu bemerken.

Mais il n'était pas d'humeur à remarquer de telles subtilités.

"Da bist du ja!", rief er, sobald er eingetreten war.

« Te voilà ! » s'exclama-t-il dès qu'il entra.

Es war, als wäre er gleichzeitig wütend und glücklich.

C'était comme s'il était à la fois en colère et heureux.

Er zog den Kopf zurück und blickte zu seinem Vater auf.

Il recula la tête et leva les yeux vers son père.

Er hatte sich seinen Vater nicht so vorgestellt.

Il n'avait pas imaginé son père debout là, dans cette position.

Doch in letzter Zeit hatte er eine neue Ablenkung gefunden.

Mais ces derniers temps, il s'était trouvé une nouvelle distraction.

Das Herumkriechen nahm nun einen großen Teil seines Tages ein.

Ramper occupait désormais une grande partie de sa journée.

Zuvor hatte er alle Neuigkeiten in der Wohnung im Blick behalten.

Auparavant, il se tenait au courant de toutes les nouvelles dans l'appartement.

Aber in letzter Zeit hatte er nicht mehr so genau darauf geachtet.

Mais ces derniers temps, il n'y avait pas prêté beaucoup d'attention.

Er hätte auf Veränderungen vorbereitet sein müssen.

Il aurait dû se préparer à faire face aux changements.

Aber war dieser Mann vor ihm noch der Vater?

Pour autant, cet homme qui se tenait devant lui était-il encore son père ?

War er noch derselbe Mann, der früher müde in seinem Bett lag?

Était-ce le même homme qui avait l'habitude de rester allongé, fatigué, dans son lit ?

Als Gregor bereits auf Geschäftsreise war.

Alors que Gregor était déjà parti en voyage d'affaires.

War er derselbe Mann, der ihn abends begrüßte?

Était-ce le même homme qui le saluait le soir ?

Als er in seinem Morgenmantel in seinem Sessel saß.

Lorsqu'il était en robe de chambre, dans son fauteuil.

War er derselbe Mann, der nicht aufstehen konnte, um ihn zu begrüßen?

Était-ce le même homme qui n'avait pas pu se lever pour l'accueillir ?

So blieb er sitzen und hob freudig den Arm.

Restant assis, il leva le bras en signe de joie.

War er derselbe Mann, mit dem er gelegentlich spazieren ging?

Était-ce le même homme avec qui il faisait parfois des promenades ?

In seltenen Fällen: an einigen Sonntagen im Jahr oder an Feiertagen.

Exceptionnellement : quelques dimanches par an, ou les jours fériés.

War er derselbe Mann, der in seinen Mantel gehüllt herüberkam?

Était-ce le même homme qui marchait, enveloppé dans son pardessus ?

Musste er sich langsam zwischen Mutter und ihm vorwärtsarbeiten?

S'est-il lentement avancé, entre la mère et lui ?

Und sie gingen seinetwegen bereits langsam.

Et ils marchaient déjà lentement à cause de lui.

Doch nun stand dieser Mann stark und aufrecht.

Mais à présent, cet homme se tenait droit et fort.

Er trug eine blaue Uniform mit goldenen Knöpfen.

Il portait un uniforme bleu à boutons dorés.

Knöpfe, die die Angestellten der Bankinstitute tragen.

Les badges que portent les employés des institutions bancaires.

Über dem steifen Kragen trat sein markantes Doppelkinn hervor.

Au-dessus du col rigide, son double menton prononcé se dessinait.

Unter seinen buschigen Augenbrauen blickten seine schwarzen Augen hervor.

Sous ses sourcils broussailleux, ses yeux noirs fixaient le vide.

Seine Augen wirkten nun durchdringend, frisch und aufmerksam.

À présent, ses yeux paraissaient perçants, frais et alertes.

Das zuvor zerzauste weiße Haar wurde glatt gekämmt.

Les cheveux blancs, auparavant ébouriffés, étaient désormais peignés.

Und sein Haar hatte nun einen sorgfältigen Mittelscheitel.

Et ses cheveux étaient désormais coiffés d'une raie centrale méticuleuse.

Er warf seinen Hut weg, der mit einem goldenen Monogramm verziert war.

Il jeta son chapeau, orné d'un monogramme en or.

Es handelte sich wahrscheinlich um das Monogramm der Bank, für die er arbeitete.

Il s'agissait probablement du monogramme de la banque pour laquelle il travaillait.

Und der Hut landete auf dem Sofa, um später weggeräumt zu werden.

Et le chapeau atterrit sur le canapé, pour être rangé plus tard.

Er schob den Saum der langen Uniformjacke zurück.

Il repoussa le bas de sa longue veste d'uniforme.

Und er steckte seine Daumen in die Hosentaschen.

Et il mit ses pouces dans les poches de son pantalon.

Und dann ging er mit finsterer Miene auf Gregor zu.

Puis, le visage sombre, il s'avança vers Gregor.

Er wusste wahrscheinlich selbst noch nicht, was er vorhatte.

Il ne savait probablement même pas ce qu'il comptait faire.

Dennoch hob er die Füße ungewöhnlich hoch.

Mais il leva néanmoins les pieds exceptionnellement haut.

Gregor staunte über die enorme Größe seiner Stiefel.

Gregor était stupéfait par la taille énorme de ses bottes.

Doch dafür blieb wirklich keine Zeit, seine Schuhe zu bewundern.

Mais il n'y avait vraiment pas le temps de s'extasier devant ses chaussures.

Der Vater hatte sich für eine sehr strenge Disziplin entschieden.

Le père avait opté pour une discipline très stricte.

Für Gregor war nur die größtmögliche Strenge angemessen.

Seule la plus grande sévérité convenait à Gregor.

Das wusste er vom ersten Tag seiner Verwandlung an.

Il le savait dès le premier jour de sa transformation.

Er rannte zu seinem Vater und blieb stehen, als dieser stehen blieb.

Il courut vers son père et s'arrêta quand celui-ci s'arrêta.

Als er sich wieder bewegte, huschte er erneut auf ihn zu.

Il se précipita de nouveau vers lui lorsqu'il bougea à nouveau.

Der Vater hielt einen Moment inne, und Gregor tat es ihm gleich.

Le père marqua une pause, et Gregor fit de même.

Und sobald sich sein Vater bewegte, stürmte er wieder vorwärts.

Et il se précipita de nouveau en avant dès que son père eut bougé.

Auf diese Weise gingen sie mehrmals im Kreis um den Raum.

Ils firent ainsi plusieurs fois le tour de la pièce.

Bislang hatte noch niemand einen entscheidenden Vorteil errungen.

Aucun avantage décisif n'avait encore été obtenu par qui que ce soit.

Man konnte nicht den Eindruck einer Verfolgungsjagd gewinnen.

On n'aurait pas pu avoir l'impression d'une poursuite.

Weil das ganze Geschehen viel zu langsam vonstatten ging.

Parce que tout l'événement se déroulait beaucoup trop lentement.

Gregor hatte beschlossen, am Boden zu bleiben.

Gregor avait décidé de rester au sol.

Er hätte die Wände hoch und an der Decke entlanglaufen können.

Il aurait pu courir le long des murs et du plafond.

Er wollte den Vater aber nicht unnötig provozieren.

Mais il ne voulait pas provoquer inutilement le père.

Eine solche Flucht hätte besonders verwerflich erscheinen können.

Une telle évasion aurait pu paraître particulièrement perverse.

Gregor räumte ein, dass diese Jagd nicht mehr lange dauern könne.

Gregor admit que cette poursuite ne pourrait pas durer beaucoup plus longtemps.

Jeder Schritt erforderte eine Vielzahl von Bewegungen.

Chaque étape nécessitait une myriade de mouvements.

Er begann bereits Atemnot zu verspüren.

Il commençait déjà à avoir le souffle court.

Schon vorher hatte er nie absolut zuverlässige Lungen gehabt.

Même avant cela, il n'avait jamais eu des poumons totalement fiables.

Er taumelte dahin und sparte seine Kräfte für den Lauf.

Il avançait en titubant, économisant ses forces pour la course.

Er war so müde, dass er die Augen kaum noch offen halten konnte.

Il était si fatigué qu'il avait du mal à garder les yeux ouverts.

Seine Gedanken verlangsamten sich zu sehr, um an andere Fluchtmöglichkeiten zu denken.

Ses pensées étaient devenues trop lentes pour qu'il puisse envisager d'autres solutions.

Er hatte fast vergessen, dass ihm die Wände zur Verfügung standen.

Il avait presque oublié que les murs étaient à sa disposition.

Die Wände waren aber ohnehin hinter Möbeln verborgen.

Mais les murs étaient de toute façon dissimulés derrière des meubles.

Und die Möbel wiesen zu viele Kerben und Vorsprünge auf.

Et les meubles avaient trop d'encoches et de saillies.

Und dann, direkt neben ihm, rollte ein Apfel.

Et puis, juste à côté de lui, en roulant, il y avait une pomme.

Ihm wurde klar, dass der Apfel nach ihm geworfen worden sein musste.

Il réalisa que la pomme avait dû lui être lancée.

Doch er hatte keine Zeit zum Nachdenken, da kam schon der nächste Apfel.

Mais il n'eut pas le temps de réfléchir qu'une autre pomme arriva.

Gregor erstarrte vor Schreck über die neue Strategie seines Vaters.

Gregor resta figé, sous le choc de la nouvelle stratégie de son père.

Er konnte durch einen Fluchtversuch nichts mehr gewinnen.

Il ne pouvait plus rien gagner à essayer de fuir.

Der Vater hatte beschlossen, ihn mit Früchten zu überhäufen.

Le père avait décidé de le bombarder de fruits.

Er hatte sich die Taschen mit Obst aus der Küchenschale gefüllt.

Il avait rempli ses poches avec les fruits du bol de la cuisine.

Ohne besonders darauf zu zielen, warf er Apfel um Apfel.

Sans viser particulièrement, il lançait pomme après pomme.

Diese kleinen roten Äpfel rollten auf dem Boden herum.

Ces petites pommes rouges roulaient sur le sol.

Wie von einem Stromschlag getroffen, stießen die Äpfel aneinander.

Comme électrifiées, les pommes se heurtèrent les unes aux autres.

Einer der schwach geworfenen Äpfel streifte Gregors Rücken.

Une des pommes, lancée mollement, a effleuré le dos de Gregor.

Zum Glück für ihn rutschte der Apfel harmlos herunter.

Heureusement pour lui, la pomme a glissé sans le blesser.

Der anschließend geworfene Apfel traf jedoch genauer.

Cependant, la pomme lancée ensuite était plus précise.

Und dieser Apfel blieb tief in Gregors Rücken stecken.

Et cette pomme s'est logée profondément dans le dos de Gregor.

Gregor wollte sich vor dem Schmerz davonreißen.

Gregor voulait s'éloigner de la douleur.

Vielleicht ließe sich diesem neuen, unvorstellbaren Schmerz entkommen.

Peut-être pourrait-on échapper à cette nouvelle douleur inimaginable.

Vielleicht würde ein Ortswechsel seine Qualen lindern.

Un changement d'endroit pourrait peut-être soulager son supplice.

Aber er fühlte sich, als wäre er am Boden festgenagelt.

Mais il avait l'impression d'être cloué au sol.

Er streckte sich aus, aber nur aufgrund seiner Verwirrung.

Il s'étira, mais seulement à cause de sa confusion.

Erst mit seinem letzten Blick sah er, wie sich die Tür öffnete.

Ce n'est qu'à son dernier regard qu'il vit la porte s'ouvrir.

Die Mutter stürzte vor die schreiende Schwester hinaus.

La mère s'est précipitée devant sa sœur qui hurlait.

Die Schwester hatte sie ausgezogen, sodass sie nur noch ihr Hemd trug.

Sa sœur l'avait déshabillée, elle était donc encore en chemise.

Sie hatte in ihrer Bewusstlosigkeit Freiraum gebraucht.

Elle avait besoin de respirer pendant son inconscience.

Er sah noch, wie die Mutter auf den Vater zulief.

Il voyait encore la mère courir vers le père.

Ihre Röcke rutschten einer nach dem anderen zu Boden.

Ses jupes glissèrent au sol, l'une après l'autre.

Er sah, wie sie auf den Vater zuging und über ihren Rock stolperte.

Il la vit s'approcher du père et trébucher sur sa jupe.

Sie umarmte ihn und bat darum, Gregors Leben zu verschonen.

L'enlaçant, elle demanda qu'on épargne la vie de Gregor.

In völliger Einheit mit seinem Körper versagte auch sein Augenlicht.

En parfaite harmonie avec son corps, sa vue s'est éteinte.

Teil Drei
Troisième partie

Gregor litt über einen Monat lang unter der schweren Verletzung.
Gregor a souffert de cette grave blessure pendant plus d'un mois.
Der Apfel steckte fest; niemand wagte es, ihn zu entfernen.
La pomme restait incrustée ; personne n'osait l'enlever.
Der Apfel blieb als sichtbare Erinnerung in seinem Fleisch zurück.
La pomme restait plantée dans sa chair comme un rappel visible.
Der Apfel diente dem Vater aber auch als Erinnerung.
Mais la pomme servait aussi de rappel au père.
Ihm wurde klar, dass Gregor nicht wie ein Feind behandelt werden sollte.
Il comprit que Gregor ne devait pas être traité comme un ennemi.
Im Moment mag sein Erscheinungsbild traurig und abstoßend wirken.
Actuellement, son apparence pourrait être triste et repoussante.
Aber dennoch war er ein Mitglied ihrer Familie.
Mais il restait néanmoins un membre de leur famille.
Der Widerwille musste überwunden und toleriert werden.
Il a fallu accepter et tolérer cette réticence.
Aufgrund seiner Verletzung könnte seine Beweglichkeit für immer verloren sein.
En raison de sa blessure, il risque fort de perdre sa mobilité à jamais.
Er kroch immer noch in seinem Zimmer herum, aber viel langsamer.
Il continuait à ramper dans sa chambre, mais beaucoup plus lentement.
Kriechen in irgendeiner Höhe war völlig ausgeschlossen.
Ramper à une quelconque hauteur était hors de question.

Gregor erhielt jedoch eine Form der Entschädigung.
Mais Gregor a bien reçu une forme de compensation.
Am Abend wurde ihm die Wohnzimmertür geöffnet.
Le soir, la porte du salon lui fut ouverte.
Und er war der Ansicht, dass diese
Wiedergutmachungszahlungen vollkommen angemessen
seien.
Et il estimait que ces réparations étaient tout à fait adéquates.
Noch vor Einbruch der Dunkelheit begann er, die Tür zu
beobachten.
Avant le soir, il avait déjà commencé à surveiller la porte.
Er lag in der Dunkelheit, vom Wohnzimmer aus unsichtbar.
Il était allongé dans l'obscurité, invisible depuis le salon.
Er konnte die ganze Familie an dem beleuchteten Tisch
sehen.
Il pouvait voir toute la famille à la table illuminée.
Nun durfte er ihren Gesprächen zuhören.
Il était désormais autorisé à écouter leurs conversations.
Dies unterschied sich deutlich von ihrer vorherigen
Vereinbarung.
C'était très différent de leur arrangement précédent.
Die lebhaften Gespräche vergangener Zeiten waren
verstummt.
Les conversations animées d'autrefois étaient terminées.
Das waren die Gespräche, nach denen er sich immer gesehnt
hatte.
C'étaient ces conversations qu'il désirait tant.
Als er allein in kleinen Hotelzimmern schlief.
Lorsqu'il dormait seul dans de petites chambres d'hôtel.
Als er sich in die feuchte Bettwäsche werfen musste.
Quand il a dû se jeter dans les draps humides.
Die Abende verliefen nun meist ruhig und ereignislos.
Mais les soirées étaient désormais généralement calmes et sans
incident.
Der Vater schlief nach dem Abendessen in seinem Sessel
ein.
Le père s'est endormi dans son fauteuil après le dîner.

Und Mutter und Schwester ermahnten einander zur Stille.
Et la mère et la sœur s'exhortaient mutuellement à se taire.
Die Mutter beugte sich weit über die Lampe und nähte Leinen.
La mère, penchée très haut sur la lampe, cousait du lin.
Sie entwirft jetzt Kleider für eines der Modegeschäfte.
Elle confectionne maintenant des robes pour l'un des magasins de mode.
Wie Gregor hatte auch die Schwester eine Stelle als Verkäuferin angenommen.
Comme Gregor, sa sœur avait trouvé un emploi de vendeuse.
Sie lernte abends Stenografie und Französisch.
Elle apprenait la sténographie et le français le soir.
Damit sie später vielleicht eine bessere Arbeitsstelle bekommen könnte.
Afin qu'elle puisse peut-être obtenir un meilleur poste plus tard.
Manchmal wachte der Vater von seinem abendlichen Nickerchen auf.
Parfois, le père se réveillait de sa sieste du soir.
"Liebling, du nähst heute schon so lange!"
« Chérie, tu as déjà cousu tellement longtemps aujourd'hui ! »
Er schien vergessen zu haben, dass er geschlafen hatte.
Il semblait avoir oublié qu'il dormait.
Doch er fiel sofort wieder in seinen Schlaf zurück.
Mais il retombait aussitôt dans son sommeil.
Und Mutter und Schwester lächelten einander müde an.
Et la mère et la sœur s'échangèrent un sourire las.
Der Vater hatte eine seltsame neue Sturheit entwickelt.
Le père avait développé une étrange nouvelle obstination.
Selbst zu Hause weigerte er sich, seine Dieneruniform auszuziehen.
Même chez lui, il refusait d'enlever son uniforme de domestique.
Und sein Morgenmantel hing nutzlos am Kleiderbügel.
Et son peignoir pendait inutilement sur le cintre.
So schlief der Vater, vollständig bekleidet, in seinem Sessel.

Le père dormit donc, tout habillé, dans son fauteuil.

Es war, als ob er immer bereit wäre, seinen Dienst zu leisten.

C'était comme s'il était toujours prêt à rendre service.

Als ob er nur auf die Stimme seines Vorgesetzten gewartet hätte.

Comme s'il attendait simplement la voix de son supérieur.

Dies führte dazu, dass seine Uniform an Sauberkeit verlor.

Cela a eu pour conséquence que son uniforme a perdu sa propreté.

Obwohl die Uniform auch nicht neu war, als er sie bekam.

Bien que l'uniforme ne fût pas neuf lorsqu'il l'a reçu.

Und die Mutter tat ihr Bestes, um die Uniform zu pflegen.

Et la mère faisait de son mieux pour prendre soin de l'uniforme.

Gregor verbrachte ganze Abende damit, diese Uniform anzusehen.

Gregor passait des soirées entières à contempler cet uniforme.

Er beobachtete, wie der alte Mann äußerst unbequem schlief.

Il observa le vieil homme dormir très mal.

Doch im Schlaf bemerkte er auch etwas Friedliches.

Mais dans son sommeil, il remarqua aussi quelque chose de paisible.

Als die Uhr zehn schlug, versuchte die Mutter, ihn zu wecken.

Lorsque l'horloge a sonné dix heures, la mère a essayé de le réveiller.

Sie sprach leise und überredete ihn, ins Bett zu gehen.

Elle lui parla doucement et le persuada d'aller se coucher.

Denn auf dem Sessel zu schlafen war kein richtiger Schlaf.

Parce que dormir sur un fauteuil, ce n'était pas du vrai sommeil.

Er musste um sechs Uhr mit der Arbeit beginnen.

Il allait devoir commencer à travailler à six heures.

Deshalb musste er unbedingt so gut wie möglich schlafen.

Il avait donc vraiment besoin de dormir le mieux possible.

Doch er war von einer neuen Form der Sturheit ergriffen.

Mais il était pris d'une nouvelle forme d'obstination.

Die Tatsache, dass er Diener geworden war, hatte begonnen, diese Wirkung auf ihn zu haben.

Le fait de devenir serviteur avait commencé à avoir cet effet sur lui.

Deshalb bestand er immer darauf, länger am Tisch zu bleiben.

Il insistait donc toujours pour rester plus longtemps à table.

Obwohl er regelmäßig wieder in seinem Sessel einschlief.

Bien qu'il se rendormît régulièrement dans son fauteuil.

Und er ließ sich nur mit größter Mühe bewegen.

Et il ne pouvait être déplacé qu'avec la plus grande difficulté.

Man musste ihm erklären, dass das Bett besser für ihn wäre.

Il a fallu lui dire que ce lit lui conviendrait mieux.

Mutter und Schwester mussten nachdrücklich darauf bestehen, oft mit nur wenigen Vorwarnungen.

La mère et la sœur ont dû insister, malgré quelques avertissements.

Fünfzehn Minuten lang schüttelte er nur langsam den Kopf.

Pendant quinze minutes, il se contenta de secouer lentement la tête.

Und er hielt die Augen geschlossen und weigerte sich aufzustehen.

Et il garda les yeux fermés et refusa de se lever.

Die Mutter zupfte sanft, aber bestimmt an seinem Ärmel.

La mère tira doucement, mais fermement, sur sa manche.

Und sie flüsterte ihm schmeichelhafte Worte in seine müden Ohren.

Et elle lui murmurait des mots flatteurs à l'oreille, encore fatiguée.

Die Schwester unterbrach ihre Arbeit, um ihrer Mutter zu helfen.

La sœur a interrompu sa tâche pour aider sa mère.

Doch keiner ihrer Versuche zeigte Wirkung beim Vater.

Mais aucun de leurs efforts n'a fonctionné sur le père.

Er sank noch tiefer in seinen Stuhl, bereit zum Schlafen.

Il s'enfonça encore plus profondément dans son fauteuil, prêt à dormir.

Und schließlich packten ihn die Frauen unter den Achseln.

Et finalement, les femmes l'ont attrapé sous les aisselles.

Er öffnete die Augen und blickte sie abwechselnd an.

Il ouvrit les yeux et les regarda tour à tour.

„Was für ein Leben!", klagte er beim Zubettgehen.

« Quelle vie ! » se plaignit-il en allant se coucher.

"Ist das der Frieden, der mir im Alter zuteilwurde?"

« Est-ce là la paix qui m'a été accordée dans ma vieillesse ? »

Doch dann stützte er sich auf die beiden Frauen und stand unbeholfen auf.

Mais alors, s'appuyant sur les deux femmes, il se leva maladroitement.

Er tat so, als trüge er die schwerste Last.

Il agissait comme s'il portait le fardeau le plus lourd.

Er ließ sich von den beiden Frauen bis ans andere Ende des Raumes führen.

Il laissa les deux femmes le conduire au fond de la pièce.

Dort wünschte er ihnen eine gute Nacht und ging dann allein weiter.

Là, il leur souhaita bonne nuit et poursuivit son chemin seul.

Doch die Mutter warf hastig ihr Nähzeug hin.

Mais la mère jeta précipitamment son nécessaire à couture.

Und auch die Schwester legte den Stift und den Notizblock beiseite.

Et la sœur posa elle aussi le stylo et le bloc-notes.

Und sie liefen hinter dem Vater her, um ihm weiter zu helfen.

Et ils coururent derrière le père pour l'aider davantage.

Wer in dieser überarbeiteten Familie hatte schon Zeit für Gregor?

Qui, dans cette famille surmenée, avait du temps à consacrer à Gregor ?

Wer hätte ihm mehr Aufmerksamkeit schenken können als nötig?

Qui aurait pu lui accorder plus d'attention que nécessaire ?

Das Haushaltsbudget wurde zunehmend eingeschränkt.
Le budget des ménages est devenu de plus en plus restreint.
Um Geld zu sparen, mussten sie schließlich das
Dienstmädchen entlassen.
Finalement, pour faire des économies, ils ont dû licencier la
bonne.
Sie wurde durch eine stämmige, weißhaarige Frau ersetzt.
Elle fut remplacée par une femme à la carrure imposante et
aux cheveux blancs.
Diese Frau kam jedoch nur morgens und abends.
Mais cette femme ne venait que le matin et le soir.
Und die schwerste und härteste Arbeit wurde ihr
aufgehoben.
Et tout le travail le plus lourd et le plus pénible lui avait été
réservé.
Alle anderen Hausarbeiten wurden von der Mutter erledigt.
Toutes les autres tâches ménagères étaient prises en charge
par la mère.
Es kam sogar vor, dass verschiedene
Familienschmuckstücke verkauft wurden.
Il est même arrivé que plusieurs bijoux de famille soient
vendus.
Schmuck, den die Frauen bei Feierlichkeiten mit Freude
getragen hatten.
Des bijoux que les femmes avaient portés avec joie lors des
festivités.
Gregor erfuhr dies in einer der allgemeinen Diskussionen.
Gregor a appris cela lors d'une discussion générale.
Die größte Beschwerde betraf jedoch etwas anderes.
Le principal grief, cependant, portait sur autre chose.
Die Wohnung war zu groß, aber sie konnten nicht
ausziehen.
L'appartement était trop grand, mais ils ne pouvaient pas
déménager.
Es gab keine Möglichkeit, Gregor umzusiedeln.
Il était impossible de déplacer Gregor.

Gregor erkannte jedoch, dass es nicht nur um Rücksichtnahme ging.

Mais Gregor comprit que ce n'était pas seulement une question de considération.

Etwas anderes hielt sie davon ab, woanders hinzuziehen.

Quelque chose d'autre les a empêchés de déménager ailleurs.

Er hätte problemlos in einer geeigneten Kiste transportiert werden können.

Il aurait facilement pu être transporté dans une caisse appropriée.

Ihre Gefühle völliger Hoffnungslosigkeit hielten sie zurück.

Leur sentiment de désespoir total les a paralysés.

Sie wollten sich nicht eingestehen, dass sie vom Unglück getroffen worden waren.

Ils ne voulaient pas admettre que le malheur les avait frappés.

Was die Welt von armen Menschen verlangt, das haben sie erfüllt.

Ils ont accompli ce que le monde exige des pauvres.

Der Vater holte dem kleinen Bankangestellten das Frühstück.

Le père a apporté le petit déjeuner au jeune employé de banque.

Die Mutter opferte sich für die Wäsche von Fremden auf.

La mère s'est sacrifiée pour laver le linge d'inconnus.

Die Schwester rannte hin und her, um die Bestellungen der Kunden aufzunehmen.

La sœur faisait des allers-retours pour prendre les commandes des clients.

Aber sie hatten einfach nicht mehr die Kraft, irgendetwas weiter zu tun.

Mais ils n'avaient tout simplement plus la force d'en faire plus.

Die Wunde in Gregors Rücken schmerzte nun noch mehr.

La blessure dans le dos de Gregor commença à le faire encore plus souffrir.

Jeden Abend brachten Mutter und Schwester den Vater ins Bett.

Chaque soir, la mère et la sœur amenaient le père au lit.

Sie ließen ihre Arbeit liegen und setzten sich zusammen.

Ils laissèrent leur travail où il était et s'assirent ensemble.

Und sie rückten näher zusammen und saßen Wange an Wange.

Ils se rapprochèrent et s'assirent joue contre joue.

Die Mutter zeigte auf das Zimmer, von dem aus er zusah.

La mère désigna la pièce d'où il observait.

"Würdest du die Tür schließen?", fragte sie die Schwester.

« Pourriez-vous fermer la porte ? » demanda-t-elle à sa sœur.

Und dann war Gregor wieder allein in der Dunkelheit.

Et Gregor se retrouva de nouveau seul dans le noir.

Und im Nebenzimmer vermischten die Frauen ihre Tränen.

Et dans la pièce voisine, la femme mêla leurs larmes.

Oder sie saßen mit trockenen Augen da und starrten einfach nur auf den Tisch.

Ou bien ils restaient assis, les yeux secs, fixant simplement la table.

Gregor schlief kaum, weder nachts noch tagsüber.

Gregor ne dormait pratiquement pas, ni la nuit ni le jour.

Er dachte oft darüber nach, wie er der Familie helfen könnte.

Il réfléchissait souvent à la façon dont il pourrait aider sa famille.

Er dachte darüber nach, das Geld wieder für sie zu verdienen.

Il songea à gagner à nouveau de l'argent pour eux.

Er dachte darüber nach, das zu tun, was er früher für sie getan hatte.

Il songea à faire ce qu'il faisait autrefois pour eux.

In seinen Gedanken erschien der Bevollmächtigte wieder.

Le représentant autorisé lui revint dans ses pensées.

Und dieses Mal kam auch der Chef in die Wohnung.

Et cette fois, le patron est également venu à l'appartement.

Und die Angestellten und die Lehrlinge waren auch da.

Et les commis et les apprentis étaient là aussi.

Sogar der etwas begriffsstutzige Büroangestellte kam, um ihn zu sehen.

Même le domestique un peu simplet est venu le voir.

**Es waren zwei oder drei Freunde aus anderen Branchen
dabei.**

Il y avait deux ou trois amis d'autres entreprises.

Eine der Zimmermädchen aus einem Hotel in der Provinz.

Une des femmes de chambre d'un hôtel de province.

**Eine kostbare und flüchtige Erinnerung, an der er
festzuhalten versuchte.**

Un souvenir précieux et fugace auquel il s'efforçait de
s'accrocher.

**Eine Kassiererin aus einem Hutgeschäft, für die er
Absichten hatte.**

Une caissière d'une chapellerie pour laquelle il avait des
intentions.

**Doch er war etwas zu langsam gewesen, um ihre
Zustimmung zu gewinnen.**

Mais il avait été un peu trop lent à obtenir son approbation.

**Sie alle tauchten in seinen Gedanken auf, vermischt mit
Fremden.**

Ils lui apparurent tous, mêlés à des inconnus.

Und andere erschienen nicht; sie waren bereits vergessen.

Et d'autres n'apparurent pas ; ils étaient déjà oubliés.

Aber sie halfen weder ihm noch seiner Familie.

Mais ils ne l'ont pas aidé, ni lui, ni sa famille.

Sie waren unzugänglich, und er war froh, als sie weg waren.

Ils étaient inaccessibles, et il était content quand ils sont partis.

**Er war nicht immer in der Stimmung, sich Sorgen um die
Familie zu machen.**

Il n'était pas toujours d'humeur à se soucier de sa famille.

**Und er war voller Wut über die mangelnde
Aufmerksamkeit.**

Et il était rempli de rage à cause de ce manque d'attention.

**Und er konnte sich nichts vorstellen, worauf er Appetit
hätte.**

Et il ne pouvait imaginer rien qui puisse lui faire envie.

**Doch er schmiedete trotzdem Pläne, in die Speisekammer
einzubrechen.**

Mais il avait tout de même prévu de cambrioler le garde-
manger.
Und er würde sich alles nehmen, was ihm zustand.
Et il allait prendre tout ce qui lui était dû.
Die Schwester bemühte sich nicht mehr besonders um ihn.
Sa sœur ne faisait plus aucun effort particulier pour lui.
**Sie verschwendete keine Zeit mehr damit, darüber
nachzudenken, wie sie ihm gefallen könnte.**
Elle ne consacrait plus de temps à chercher à lui plaire.
Vor der Arbeit schob sie schnell etwas zu essen ins Zimmer.
Avant d'aller travailler, elle a rapidement glissé de la
nourriture dans la pièce.
**Und am Abend kehrte sie die Essensreste schnell wieder
zusammen.**
Et le soir venu, elle a rapidement ramassé les restes.
Ob er gegessen hatte oder nicht, bemerkte sie nicht mehr.
Elle ne faisait plus attention à savoir s'il avait mangé ou non.
In den meisten Fällen blieb das Essen nun unberührt.
Le plus souvent, la nourriture restait intacte.
Abends huschte sie immer noch schnell durch den Raum.
Elle continuait de traverser la pièce rapidement le soir.
**Doch nun tat sie nur das Nötigste, und zwar so schnell wie
möglich.**
Mais maintenant, elle se contentait du strict minimum, aussi
vite que possible.
An den Mauern zogen sich Spuren von Schmutz entlang.
Des traînées de saleté jonchaient les murs.
Auf dem Boden lagen Staub- und Müllklumpen.
Des boules de poussière et de détritus jonchaient le sol.
Gregor missbilligte ihre Nachlässigkeit.
Gregor manifesta son désapprobation face à son manque
d'attention.
Er drehte sich in einem besonders markanten Winkel.
Il se tourna selon un angle particulièrement significatif.
Aber er hätte wochenlang in dieser Position bleiben können.
Mais il aurait pu rester à ce poste pendant des semaines.
Seine Schwester hätte seine Unzufriedenheit nicht bemerkt.

Sa sœur n'aurait pas remarqué son mécontentement.
Sie sah den Dreck genauso gut wie er, wenn nicht sogar besser.
Elle voyait la saleté aussi bien que lui, voire mieux.
Aber sie hatte beschlossen, den Dreck dort zu lassen, wo er war.
Mais elle avait décidé de laisser la saleté où elle était.
Damals entwickelte sie eine völlig neue Sensibilität.
À cette époque, elle a développé une sensibilité totalement nouvelle.
Sie hatte es sich zur Aufgabe gemacht, Gregors Zimmer zu reinigen.
Elle s'était donné pour mission de nettoyer la chambre de Gregor.
Die Familie war von ihrer freundlichen Rücksichtnahme sehr berührt.
La famille a été touchée par sa gentillesse et sa prévenance.
Einst hatte die Mutter sein Zimmer gründlich gereinigt.
Une fois, sa mère avait nettoyé sa chambre de fond en comble.
Erst nachdem sie mehrere Eimer Wasser verbraucht hatte, gelang es ihr.
Ce n'est qu'après avoir utilisé plusieurs seaux d'eau qu'elle a réussi.
Die neu aufgetretene Feuchtigkeit im Zimmer schadete Gregor jedoch.
Cependant, l'humidité nouvelle dans la pièce a nui à Gregor.
Und er lag breitbeinig, verbittert und regungslos auf dem Sofa.
Et il gisait, étendu de tout son long, amer et immobile sur le canapé.
Doch das war nur ihre erste Strafe für ihre Hilfeleistung.
Mais ce n'était que sa première punition pour avoir aidé.
Die Schwester bemerkte schnell die Veränderung in Gregors Zimmer.
La sœur remarqua rapidement le changement dans la chambre de Gregor.
Und sie rannte, zutiefst beleidigt, ins Wohnzimmer.

Et elle s'est précipitée dans le salon, extrêmement insultée.

Ihre Mutter hob die Hände und versuchte, sie zu beschwören.

Sa mère leva les mains et tenta de la supplier.

Doch trotz einer aufrichtigen Erklärung brach sie in Tränen aus.

Mais malgré une explication sincère, elle a éclaté en sanglots.

Der Vater erschrak natürlich und fuhr aus seinem Stuhl hoch.

Le père, bien sûr, sursauta et se leva de sa chaise.

Und die beiden Eltern schauten fassungslos und hilflos zu.

Et les deux parents regardaient, stupéfaits et impuissants.

Und schließlich gerieten auch ihre Gefühle in Aufruhr.

Et finalement, leurs émotions s'agitèrent elles aussi.

Der Vater warf der Mutter vor, was sie getan hatte.

Le père a reproché à la mère ce qu'elle avait fait.

"Du hättest das Zimmer Grete zum Putzen überlassen sollen."

« Tu aurais dû laisser la chambre à Grete pour qu'elle la nettoie. »

Grete schrie die Mutter an, weil sie sein Zimmer aufgeräumt hatte.

Grete a crié sur sa mère parce qu'elle avait nettoyé sa chambre.

„Du darfst sein Zimmer nie wieder putzen!"

«Tu n'as plus jamais le droit de nettoyer sa chambre !»

Die Mutter versuchte, den Vater ins Schlafzimmer zu zerren.

La mère a essayé d'entraîner le père dans la chambre.

Die Schwester blieb zitternd und schluchzend im Zimmer zurück.

La sœur resta seule dans la pièce, tremblante et sanglotant.

Und sie hämmerte mit ihren kleinen Fäustchen auf den Tisch.

Et elle frappa la table avec ses petits poings.

Und Gregor zischte sie alle lautstark vor Wut an.

Et Gregor siffla bruyamment de colère contre eux tous.

Warum war niemand auf die Idee gekommen, ihm die Tür zu schließen?

Pourquoi personne n'avait-il pensé à lui fermer la porte ?

Sie hätten ihm diesen Anblick und Lärm ersparen können.

Ils auraient pu lui épargner ce spectacle et ce bruit.

Die Schwester war erschöpft, als sie von der Arbeit nach Hause kam.

Sa sœur était épuisée après être rentrée du travail.

Und die Betreuung von Gregor bedeutete für sie noch mehr Arbeit.

Et s'occuper de Gregor représentait encore plus de travail pour elle.

Das bedeutete aber nicht, dass die Mutter es hätte tun sollen.

Mais cela ne signifie pas que la mère aurait dû le faire.

Gregor hingegen sollte nicht vernachlässigt werden.

Gregor, en revanche, ne doit pas être négligé.

Aber jetzt hatten sie ein neues Dienstmädchen, das solche Dinge tun konnte.

Mais maintenant, ils avaient une nouvelle bonne qui pouvait faire ce genre de choses.

Eine ältere Witwe mit kräftigem Knochenbau.

Une veuve âgée à la charpente osseuse robuste.

Eine Statur, die ihr half, ihr schwieriges Leben zu überstehen.

Une stature qui l'a aidée à survivre à sa vie difficile.

Sie hatte keine wirkliche Abneigung gegen Gregors Erscheinung.

L'apparence de Gregor ne lui déplaisait pas vraiment.

Sie hatte versehentlich die Tür zu Gregors Zimmer geöffnet.

Elle avait ouvert la porte de la chambre de Gregor par inadvertance.

Es geschah nicht aus besonderer Neugierde bezüglich des Zimmers.

Ce n'était pas par curiosité particulière à propos de la pièce.

Sie tat lediglich ihre Arbeit und öffnete dabei zufällig die Tür.

Elle faisait simplement son travail et a ouvert la porte par hasard.

Gregor war natürlich völlig überrascht von ihr.

Gregor, bien sûr, fut complètement surpris par elle.
Er wurde nicht verfolgt, aber er rannte hin und her.
Il n'était pas poursuivi, mais il courait d'avant en arrière.
Und sie verschränkte einfach die Arme und sah ihm beim Krabbeln zu.
Elle croisa simplement les bras et le regarda ramper.
Seitdem hat sie ihm immer einen Spaltbreit die Tür geöffnet.
Depuis lors, elle lui entrouvrait toujours un peu la porte.
Eines Morgens schaute sie nach ihm, um zu sehen, wie es ihm ging.
Un matin, elle a jeté un coup d'œil pour voir comment il allait.
Und am Abend sah sie nach ihm, bevor sie ging.
Et le soir, elle est allée prendre de ses nouvelles avant de partir.
Zuerst versuchte sie auch, ihn zu sich zu rufen.
Au début, elle a aussi essayé de l'appeler pour qu'il vienne la rejoindre.
„Komm her, du alter Mistkäfer!", pflegte sie zu sagen.
« Viens par ici, vieux bousier ! » disait-elle.
Oder sie sagte freundlich: „Schau dir den alten Mistkäfer an!"
Ou bien elle disait, amicalement : « Regardez ce vieux bousier ! »
Gregor reagierte nie darauf, wenn man so mit ihm sprach.
Gregor n'a jamais réagi lorsqu'on lui parlait de cette façon.
Er blieb stehen, ohne sich zu rühren, und ignorierte sie.
Il resta là, immobile, et l'ignora.
„Wenn man ihr doch nur gesagt hätte, wie man ihre Arbeit richtig macht."
« Si seulement on lui avait expliqué comment faire correctement son travail. »
„Anstatt mich zu belästigen, sollte sie lieber mein Zimmer aufräumen."
« Au lieu de me déranger, elle devrait nettoyer ma chambre. »
Eines Morgens prasselte ein heftiger Regenguss gegen die Fenster.

Tôt le matin, une forte pluie a frappé les fenêtres.
Vielleicht war der Regen bereits ein Zeichen für den kommenden Frühling.
Peut-être la pluie était-elle déjà un signe du printemps à venir.
Das Dienstmädchen begann wieder auf diese Weise mit ihm zu sprechen.
La bonne recommença à lui parler de cette façon.
Gregor war so verbittert, dass er sich umdrehte und ihr ins Gesicht sah.
Gregor était tellement amer qu'il se tourna vers elle.
Er war langsam und gebrechlich, aber es war eine Art Angriff.
Il était lent et infirme, mais c'était une sorte d'attaque.
Das Dienstmädchen hingegen hatte überhaupt keine Angst vor Gregor.
La bonne, en revanche, n'avait absolument pas peur de Gregor.
Stattdessen hob sie einen Stuhl hoch, der in der Nähe der Tür stand.
Au lieu de cela, elle souleva une chaise qui se trouvait près de la porte.
Und sie stand da, ganz ruhig, mit weit geöffnetem Mund.
Et elle resta là, calmement, la bouche grande ouverte.
Ihre Absichten waren klar, das konnte sogar Gregor erkennen.
Ses intentions étaient claires, même Gregor pouvait le voir.
Und er drehte sich langsam um und kehrte zu seinem ursprünglichen Platz zurück.
Et il se retourna lentement pour reprendre sa position initiale.
"Sie wollen also nicht näher kommen, oder?"
« Donc vous ne voulez pas vous approcher davantage, n'est-ce pas ? »
Und sie stellte den Stuhl leise wieder in die Ecke.
Et elle remit discrètement la chaise dans le coin.

Gregor aß kaum noch etwas.
Gregor ne mangeait presque plus rien.

Manchmal blieb er bei seinen Rundgängen im Zimmer stehen.

Parfois, lors de ses promenades dans la pièce, il s'arrêtait.

Und er befand sich neben dem für ihn zubereiteten Essen.

Et il se retrouva à côté du repas qui lui avait été préparé.

Er steckte sich das Essen in den Mund, aber nur, um damit zu spielen.

Il mit la nourriture dans sa bouche, mais seulement pour jouer avec.

Und nicht selten spuckte er es nach ein paar Stunden wieder aus.

Et bien souvent, il le recrachait quelques heures plus tard.

Er versuchte, einen Grund für seinen Appetitverlust zu finden.

Il essaya de trouver une raison à son manque d'appétit.

Vielleicht, weil er mit dem Zustand seines Zimmers unzufrieden war.

Peut-être parce qu'il était triste de l'état de sa chambre.

Aber er hatte sich mit den Veränderungen im Raum abgefunden.

Mais il s'était fait à l'idée des changements survenus dans la pièce.

In letzter Zeit hatte sich sein Zimmer in eine Art Abstellraum verwandelt.

Récemment, sa chambre était devenue une sorte de débarras.

Sie hatten sich angewöhnt, Dinge dort liegen zu lassen.

Ils avaient pris l'habitude de laisser des choses là.

Und nun lagen noch viele solcher Dinge in seinem Zimmer.

Et il restait maintenant beaucoup de choses de ce genre dans sa chambre.

Weil ein Zimmer der Wohnung vermietet worden war.

Parce qu'une chambre de l'appartement avait été louée.

Drei ernsthafte Herren mieteten das Zimmer gemeinsam.

Trois messieurs sérieux louaient la chambre ensemble.

Gregor hat sie einmal durch einen Türspalt erblickt.

Gregor les avait aperçus un jour à travers une fente dans la porte.

Sie trugen Vollbärte und waren penibel gekleidet.

Ils portaient des barbes fournies et étaient habillés avec un soin méticuleux.

Sie achteten penibel darauf, dass alles ordentlich blieb.

Ils étaient scrupuleux quant à la propreté des lieux.

Ihr Hang zur Ordnung beschränkte sich nicht nur auf ihr Zimmer.

Leur obsession pour la propreté ne s'arrêtait pas à leur chambre.

Die gesamte Wohnung musste tadellos sauber gehalten werden.

L'appartement entier devait être maintenu d'une propreté impeccable.

Sie legten sogar noch mehr Wert auf das Aussehen der Küche.

Ils étaient encore plus pointilleux sur l'apparence de la cuisine.

Und unnötigen Unrat konnten sie nicht dulden.

Et ils ne supportaient aucun encombrement inutile.

Sie hatten auch ihre eigenen Möbel mitgebracht.

Ils avaient également apporté leurs propres meubles.

Aus diesem Grund waren viele Dinge überflüssig geworden.

C'est pourquoi beaucoup de choses étaient devenues superflues.

Das waren Dinge, für die niemand Geld bezahlen würde.

C'étaient des choses pour lesquelles personne n'aurait payé.

Die Familie wollte diese Dinge aber auch nicht wegwerfen.

Mais la famille ne voulait pas non plus se débarrasser de ces objets.

All diese Dinge landeten irgendwo in Gregors Zimmer.

Tous ces objets ont fini quelque part dans la chambre de Gregor.

Der Aschenbecher aus der Küche stand nun in seinem Zimmer.

Le cendrier de la cuisine se trouvait désormais dans sa chambre.

**Und der Müll wurde bis zum Abholtag in seinem Zimmer
aufbewahrt.**
Et les ordures étaient entreposées dans sa chambre jusqu'au
jour de la collecte.
**Das Dienstmädchen warf alles, was sie nicht brauchte, in
sein Zimmer.**
La bonne a jeté dans sa chambre tout ce dont elle n'avait pas
besoin.
**Zum Glück sah er nichts weiter als die Hand und den
Gegenstand.**
Heureusement, il n'a vu que la main et l'objet.
Sie hatte wahrscheinlich vor, die Sachen später abzuholen.
Elle comptait probablement revenir chercher les affaires plus
tard.
**Oder vielleicht wollte sie einfach alles auf einmal
wegwerfen.**
Ou peut-être voulait-elle tout jeter d'un coup.
Doch alles blieb dort, wo es ursprünglich gelandet war.
Cependant, tout est resté là où il s'était initialement posé.
**Es sei denn, Gregor bewegte den Schrott, indem er sich
hindurchzwängte.**
À moins que Gregor n'ait déplacé les débris en se faufilant à
travers.
**Zuerst musste er sich durch den ganzen Schrott
hindurchkriechen.**
Au début, il a été obligé de ramper à travers tous les détritus.
Es gab für ihn keine Möglichkeit, dies zu vermeiden.
Il lui était impossible d'éviter cela.
Später fand er jedoch tatsächlich Freude an dieser Tätigkeit.
Mais plus tard, il a finalement trouvé du plaisir dans cette
activité.
**Diese Anstrengung hinterließ ihn jedoch traurig und
zutiefst erschöpft.**
Bien que ces efforts l'aient laissé triste et profondément
fatigué.
Und danach war er viele Stunden lang bewegungsunfähig.

Et ensuite, il est resté incapable de bouger pendant de nombreuses heures.

Die Untermieter aßen manchmal im Wohnzimmer.

Les locataires prenaient parfois leurs repas dans le salon.

Die Wohnzimmertür blieb an diesen Abenden geschlossen.

La porte du salon restait fermée ces soirs-là.

Gregor hatte aber keine Schwierigkeiten, die Tür jetzt nicht zu öffnen.

Mais Gregor n'avait aucune difficulté à ne pas ouvrir la porte à présent.

Selbst wenn die Tür offen war, schaute er nicht immer hinaus.

Même lorsque la porte était ouverte, il ne regardait pas toujours dehors.

Doch er legte sich in die dunkelste Ecke des Zimmers.

Mais il s'allongea dans le coin le plus sombre de la pièce.

Auch der Familie fiel seine mangelnde Aufmerksamkeit nicht auf.

La famille n'a pas non plus remarqué son manque d'attention.

Doch einmal ließ das Dienstmädchen die Tür offen.

Mais une fois, la bonne a laissé la porte ouverte.

Die Tür blieb auch dann offen, als die Mieter zurückkehrten.

La porte est restée ouverte même au retour des locataires.

Und die Tür war offen, als das Licht eingeschaltet wurde.

Et la porte était ouverte quand la lumière a été allumée.

Der Mann saß an dem Tisch, an dem die Familie zu Abend aß.

L'homme était assis à la table où la famille dînait.

Vater, Mutter und Gregor saßen dort in früheren Zeiten.

Autrefois, père, mère et Gregor étaient assis là.

Sie entfalteten die Servietten und nahmen Messer und Gabeln.

Ils déplièrent les serviettes et prirent des couteaux et des fourchettes.

Die Mutter erschien mit einer Schüssel Fleisch in der Tür.

La mère apparut sur le seuil avec un bol de viande.

Dann kam die Schwester mit einer Schüssel voller
Kartoffeln herein.

Puis sa sœur est entrée avec un bol plein de pommes de terre.

Die Untermieter beugten sich über die vor ihnen
aufgestellten Schüsseln.

Les locataires se penchèrent sur les bols placés devant eux.

Der dichte Rauch des Essens stieg ihnen bis in die Nasen.

L'épaisse fumée des aliments leur montait jusqu'au nez.

Aber sie hatten noch nicht entschieden, ob sie das Essen
essen würden.

Mais ils n'avaient pas encore décidé s'ils allaient manger.

Vielleicht würden sie das Essen zurück in die Küche
schicken.

Peut-être renverraient-ils le plat en cuisine.

Der Mann in der Mitte schien die Autoritätsperson zu sein.

L'homme assis au milieu semblait être l'autorité.

Er schnitt das Fleisch an, um festzustellen, ob es zart genug
war.

Il a coupé la viande pour déterminer si elle était suffisamment
tendre.

Er war zufrieden mit dem Geruch und Aussehen des Essens.

Il était satisfait de l'odeur et de l'apparence des aliments.

Die Mutter und die Schwester hatten sie ängstlich
beobachtet.

La mère et la sœur les observaient avec anxiété.

Und sie begannen zu lächeln, begleitet von einem Seufzer
der aufgestauten Erleichterung.

Et ils commencèrent à sourire, poussant un soupir de
soulagement accumulé.

Die Familie selbst wollte in der Küche essen.

La famille allait elle-même manger dans la cuisine.

Doch zuerst ging der Vater nach den Untermietern sehen.

Mais avant cela, le père alla voir comment allaient les
locataires.

Er verbeugte sich einmal und hielt dabei seine Arbeitsmütze
in der Hand.

Il s'inclina une fois, tenant sa casquette de travail à la main.

Und er ging einmal im Kreis um den Tisch herum, zu jedem Gast.

Et il fit le tour de la table, saluant chaque invité.

Die Untermieter standen alle auf und murmelten in ihre Bärte.

Les locataires se levèrent tous en marmonnant dans leur barbe.

Nachdem er gegangen war, aßen sie in fast völliger Stille.

Après son départ, ils mangèrent dans un silence presque complet.

Gregor fand es seltsam, dass er Kaugeräusche hörte.

Gregor trouvait étrange d'entendre des bruits de mastication.

Kein anderer Aspekt des Essens schien Geräusche zu verursachen.

Aucun autre aspect du repas ne semblait produire le moindre son.

Aber er konnte deutlich hören, wie Zähne aufeinander knirschten.

Mais il pouvait distinctement entendre des dents grincer.

Sie schienen ihm sagen zu wollen, dass er Zähne zum Essen brauche.

Ils semblaient lui dire qu'il avait besoin de dents pour manger.

"Ohne Zähne im Kiefer kann man gar nichts machen."

« On ne peut rien faire si on n'a plus de dents dans la mâchoire. »

„Ich möchte etwas essen", sagte Gregor ängstlich.

« J'aimerais manger quelque chose », dit Gregor avec anxiété.

„Aber ich habe keinen Appetit auf das, was ihr alle esst."

« Mais je n'ai aucun appétit pour ce que vous mangez tous. »

„Seht euch an, wie diese Mieter essen, und ich verhungere hier."

« Regardez ces locataires manger, et moi je meurs de faim. »

Gregor dachte an diesem Abend zufällig an die Geige.

Ce soir-là, Gregor pensait justement au violon.

Er hatte die Geige seit der Verwandlung nicht mehr gehört.

Il n'avait plus entendu le violon depuis la transformation.

Doch dann, an diesem Abend, ertönte ein Geräusch aus der Küche.

Mais ce soir-là, un bruit est venu de la cuisine.

Die Herren hatten ihr Abendessen bereits beendet.

Les messieurs avaient déjà terminé leur repas du soir.

Der mittlere Herr hatte begonnen, eine Zeitung zu lesen.

L'homme du milieu avait commencé à lire un journal.

Den beiden anderen Herren hatte er jeweils ein Blatt gegeben.

Il avait donné une feuille à chacun des deux autres messieurs.

Und nun lehnten sie sich zurück, lasen und rauchten.

Et maintenant, ils étaient affalés en arrière, en train de lire et de fumer.

Als die Geige zu spielen begann, wurden sie aufmerksam.

Lorsque le violon commença à jouer, ils devinrent attentifs.

Sie standen auf und gingen auf Zehenspitzen zur Tür des Vorzimmers.

Ils se levèrent et marchèrent sur la pointe des pieds jusqu'à la porte de l'antichambre.

Hier standen sie eng beieinander und lauschten an der Tür.

Ils se tenaient là, blottis les uns contre les autres, écoutant à la porte.

Die Familie muss die Männer aus der Küche gehört haben.

La famille a dû entendre les hommes qui étaient dans la cuisine.

Denn der Vater rief sie und fragte sie:

Car le père les appela et leur demanda :

"Ist die Geige für die Herren vielleicht unbequem?"

« Le violon ne serait-il pas inconfortable pour ces messieurs ? »

„Wenn Ihnen die Musik nicht gefällt, können wir sofort aufhören."

« Si la musique ne vous plaît pas, on peut s'arrêter immédiatement. »

„Im Gegenteil", sagte der mittlere der beiden Herren.

« Au contraire », dit celui du milieu des messieurs.

Möchte die junge Dame in unserem Zimmer Geige spielen?

« La jeune fille aimerait-elle jouer du violon dans notre chambre ? »

„Hier ist es definitiv viel komfortabler und gemütlicher.“

« C'est nettement plus confortable et chaleureux ici. »

Der Vater antwortete, als wäre er selbst der Geiger.

Le père répondit comme s'il était lui-même le violoniste.

"Oh bitte, das wäre wunderbar", rief der Vater.

« Oh, je vous en prie, ce serait merveilleux », s'écria le père.

Die Herren kehrten ins Wohnzimmer zurück und warteten.

Les messieurs retournèrent au salon et attendirent.

Bald darauf kam der Vater mit dem Notenständer ins Zimmer.

Peu après, le père entra dans la pièce avec le pupitre.

Die Mutter kam mit dem Notenbuch ins Zimmer.

La mère entra dans la pièce avec le livre de musique.

Und die Schwester kam mit der Geige ins Zimmer.

Et la sœur entra dans la pièce avec le violon.

Sie bereitete in aller Ruhe alles vor, um Geige zu spielen.

Elle a calmement tout préparé pour jouer du violon.

Die Eltern übertrieben ihre Höflichkeit und ihr Benehmen.

Les parents exagéraient leur politesse et leurs bonnes manières.

Sie hatten zuvor noch nie Zimmer an Untermieter vermietet.

Ils n'avaient jamais loué de chambres à des locataires auparavant.

Und sie trauten sich nicht einmal, auf ihren eigenen Stühlen zu sitzen.

Et ils n'osaient même pas s'asseoir sur leurs propres chaises.

Statt sich hinzusetzen, lehnte sich der Vater gegen die Tür.

Au lieu de s'asseoir, le père s'appuya contre la porte.

Seine rechte Hand befand sich zwischen zwei Knöpfen seines Mantels.

Sa main droite était coincée entre deux boutons de son manteau.

Der Mutter wurde jedoch von einem Herrn ein Stuhl angeboten.

Un monsieur a toutefois offert une chaise à la mère.

Aber sie setzte sich an die Stelle, wo der Herr den Stuhl hingestellt hatte.

Mais elle s'assit là où le monsieur avait placé la chaise.

Und er hatte den Stuhl nicht an einem bestimmten Ort aufgestellt.

Et il n'avait pas placé la chaise à un endroit précis.

So saß die Mutter abseits von allen anderen in einer Ecke.

La mère s'assit donc à l'écart de tout le monde, dans un coin.

Und schließlich begann die Schwester Geige zu spielen.

Et finalement, la sœur s'est mise à jouer du violon.

Die Eltern auf den gegenüberliegenden Seiten beobachteten das Geschehen aufmerksam.

Les parents, placés de part et d'autre, suivaient attentivement.

Und sie beobachteten jede Bewegung ihrer Hand genau.

Et ils observaient attentivement chacun des mouvements de sa main.

Gregor war auch vom Geigenspiel fasziniert.

Gregor était également attiré par le jeu du violon.

Und er wagte sich ein Stück weiter aus seinem Zimmer hinaus.

Et il s'aventura un peu plus loin hors de sa chambre.

Er hatte den Kopf schon im Wohnzimmer.

Il avait déjà la tête dans le salon.

Er war stets sehr stolz darauf, besonders rücksichtsvoll zu sein.

Il était très fier d'être très attentionné.

Doch in letzter Zeit hinterfragte er seine Nachlässigkeit kaum noch.

Mais récemment, il ne remettait guère en question son manque d'attention.

Auch wenn er jetzt mehr Grund hatte, sich zu verstecken als zuvor.

Même s'il avait maintenant plus de raisons de se cacher qu'auparavant.

Weil sein Zimmer mit Staub und allerlei Schmutz bedeckt war.

Parce que sa chambre était recouverte de poussière et de saletés diverses.

Die geringste Bewegung wirbelte allerlei Schmutz auf.

Le moindre mouvement soulevait toutes sortes d'immondices.

Der ganze Dreck klebte an ihm: Staub, Haare, Essensreste.

Toute cette saleté lui collait à la peau : poussière, cheveux, restes de nourriture.

Er hätte den Schmutz am Teppich abreiben können.

Il aurait pu frotter la saleté contre le tapis.

Das tat er mehrmals täglich.

C'était quelque chose qu'il faisait plusieurs fois par jour.

Doch seine Gleichgültigkeit gegenüber allem war viel zu groß.

Mais son indifférence à tout était bien trop grande.

Deshalb hatte er keine Angst, noch ein Stück weiterzugehen.

Il n'avait donc pas peur d'aller un peu plus loin.

Und er betrat den makellosen Wohnzimmerboden.

Et il s'est installé sur le sol impeccable du salon.

Doch niemand bemerkte ihn oder schenkte ihm Beachtung.

Cependant, personne ne l'a remarqué, ni ne lui a prêté attention.

Die Familie war völlig in das Konzert vertieft.

La famille était complètement absorbée par le concert.

Die Herren hingegen zogen sich zunächst zurück.

Les messieurs, quant à eux, ont d'abord battu en retraite.

Und sie standen dicht hinter dem Notenständer der Schwester.

Et ils se tenaient tout près, derrière le pupitre de la sœur.

Wenn sie hingesehen hätten, hätten sie die Noten sehen können.

S'ils avaient regardé, ils auraient pu voir les notes de musique.

Dies hätte die Schwester natürlich beunruhigt.

Cela aurait évidemment perturbé la sœur.

Dann blieben sie am Fenster stehen, anstatt sich hinzusetzen.

Alors, au lieu de s'asseoir, ils restèrent debout près de la fenêtre.

Mit den Händen in den Taschen redeten sie weiter.

Les mains dans les poches, ils continuaient à parler.

Sie blieben dort, während der Vater ängstlich zusah.

Ils restèrent là tandis que le père les observait avec anxiété.

Man hatte den Eindruck, dass sie andere Erwartungen hatten.

On avait l'impression qu'ils avaient d'autres attentes.

Und es schien wirklich so, als wären sie enttäuscht gewesen.

Et il semblait vraiment qu'ils avaient été déçus.

Es schien, als hätten sie genug von der Vorstellung.

Il semblait qu'ils en avaient assez du spectacle.

Sie hatten zugelassen, dass die Geige ihren Frieden störte.

Ils avaient laissé le violon troubler leur tranquillité.

Und sie tolerierten die Musik nur aus Höflichkeit.

Et ils ne toléraient la musique que par politesse.

Besonders beunruhigend war, wie sie den Rauch wegbliesen.

La façon dont ils ont dissipé la fumée était particulièrement troublante.

Und dennoch spielte sie so wunderschön Geige.

Et pourtant, elle jouait du violon avec une telle beauté.

Ihr Gesicht war leicht zur Seite geneigt, auf der Geige.

Son visage était légèrement incliné sur le côté, sur le violon.

Ihr Blick wanderte traurig die Notenlinien entlang.

Son regard parcourait tristement les lignes de la musique.

Gregor fühlte sich ein wenig mehr ins Wohnzimmer hineingezogen.

Gregor se sentait un peu plus attiré par le salon.

Er hielt den Kopf dicht am Boden, blickte aber nach oben.

Il gardait la tête près du sol, mais regardait vers le haut.

Vielleicht würde sich so der Blick seiner Schwester mit seinem treffen.

Peut-être que de cette façon, le regard de sa sœur croiserait le sien.

Kann man wirklich sagen, dass er nur ein Tier war?

Peut-on vraiment dire qu'il n'était qu'un animal ?

War er etwa ein Tier, wenn ihn Musik so fesseln konnte?

Était-il un animal si la musique pouvait le captiver à ce point ?

Er hatte das Gefühl, ihm sei ein Weg zu unbekannter Nahrung gezeigt worden.

Il avait l'impression qu'on lui montrait un chemin vers une nourriture inconnue.

Vielleicht war dies die Nahrung, die ihm fehlte.

C'était peut-être là le réconfort qui lui manquait.

Er war fest entschlossen, zu seiner Schwester zu gelangen.

Il était déterminé à rejoindre sa sœur.

Er wollte an ihrem Rock zupfen, um ihre Aufmerksamkeit zu erregen.

Il avait envie de tirer sur sa jupe pour attirer son attention.

Er wollte ihr eine Art Einladung signalisieren.

Il voulait lui faire comprendre qu'il l'invitait.

„Komm und spiel Geige in meinem Zimmer", wollte er sagen.

« Viens jouer du violon dans ma chambre », aurait-il voulu dire.

Er wollte, dass sie für ihre wunderschöne Musik belohnt wird.

Il souhaitait qu'elle soit récompensée pour sa magnifique musique.

"Niemand hier belohnt dich dafür, dass du Geige spielst."

« Personne ici ne te récompense pour jouer du violon. »

Er wollte sie nicht mehr aus seinem Zimmer lassen.

Il ne voulait plus la laisser sortir de sa chambre.

Er wollte, dass sie so lange bei ihm blieb, wie er lebte.

Il voulait qu'elle reste avec lui aussi longtemps qu'il vivrait.

Zum ersten Mal hatte seine Verwandlung einen Vorteil.

Pour la première fois, sa transformation eut un avantage.

Seine Missbildung würde ihm nun endlich noch von Nutzen sein.

Sa difformité allait enfin lui être utile.

Er wollte gleichzeitig an allen vier Türen sein.

Il voulait être présent simultanément aux quatre portes.

Er wollte sie von allen Seiten anfauchen und anspucken.
Il avait envie de les siffler et de leur cracher dessus de tous les côtés.
Seine Schwester sollte nicht gezwungen werden, bei ihm zu bleiben.
Sa sœur ne devrait pas être forcée de rester avec lui.
Er wollte, dass sie sich freiwillig dafür entschied, bei ihm zu bleiben.
Il voulait qu'elle choisisse volontairement de rester avec lui.
Sie wollte sich neben ihn setzen und sich zu ihm hinunterbeugen.
Elle allait s'asseoir à côté de lui et se pencher vers lui.
Und er wollte ihr von der Musikschule erzählen.
Et il allait lui parler de l'école de musique.
Er hatte die feste Absicht, sie auf die Akademie zu schicken.
Il avait la ferme intention de l'envoyer à l'académie.
Das hätte er allen schon letztes Weihnachten erzählt.
Il en aurait parlé à tout le monde à Noël dernier.
War Weihnachten etwa schon wieder vorbei?
Noël était-il déjà passé ?
Und er hätte sich von niemandem davon abbringen lassen.
Et il n'aurait laissé personne le dissuader.
Doch dann setzte das Unglück allem ein Ende.
Mais un accident malheureux a tout arrêté.
Die Schwester wäre von ihren Gefühlen überwältigt gewesen.
La sœur aurait été submergée par l'émotion.
Und dann wäre Gregor bis auf ihre Schulter geklettert.
Et Gregor aurait alors grimpé jusqu'à son épaule.
Und er hätte sie getröstet, indem er ihren Hals geküsst hätte.
Et il l'aurait réconfortée en l'embrassant dans le cou.
„Herr Samsa!", rief der Mann in der Mitte dem Vater zu.
« Monsieur Samsa ! » appela l'homme au milieu au père.
Er zeigte mit dem Zeigefinger nach unten auf Gregor.
Il pointait Gregor du doigt.
Gregor bewegte sich langsam über den Wohnzimmerboden.
Gregor traversait lentement le salon.

Das Geigenspiel verstummte sehr schnell.
Le jeu du violon s'est très vite tu.
Der mittlere der drei Männer lächelte seine Freunde an.
Celui du milieu sourit à ses amis.
Dann schüttelte er den Kopf und blickte zurück zu Gregor.
Puis il secoua la tête et regarda Gregor.
Der Vater hätte Gregor zurück in sein Zimmer schicken können.
Le père aurait pu forcer Gregor à retourner dans sa chambre.
Das war jedoch nicht die erste Maßnahme, zu der er sich entschloss.
Mais ce n'était pas la première action qu'il décida d'entreprendre.
Er hielt es für wichtiger, die Herren zu beruhigen.
Il estimait qu'il était plus important de calmer ces messieurs.
Obwohl sie von Gregor eigentlich überhaupt nicht verärgert waren.
Bien qu'ils ne fussent pas vraiment contrariés par Gregor.
Gregor schien unterhaltsamer als das Geigenspiel.
Gregor semblait plus divertissant que le jeu de violon.
Er eilte mit ausgestreckten Armen auf sie zu.
Il s'est précipité vers eux, les bras tendus.
Er gab sein Bestes, um ihren Blick auf Gregor zu verbergen.
Il faisait de son mieux pour leur cacher la vue de Gregor.
Und er versuchte, sie zur Rückkehr in ihr Zimmer zu bewegen.
Et il a essayé de les faire retourner dans leur chambre.
Das hat sie eher ein wenig verärgert.
Au contraire, cela les a un peu agacés.
Es war aber schwer zu sagen, was genau sie störte.
Mais il était difficile de dire exactement ce qui les agaçait.
Der Vater verdarb die abendliche Unterhaltung.
Le père gâchait le divertissement de la soirée.
Aber sie hatten auch gerade erst von ihrem neuen Mitbewohner erfahren.
Mais ils venaient aussi d'apprendre l'existence de leur nouveau colocataire.

Sie hoben die Hände, genau wie der Vater es getan hatte.

Ils levèrent les mains comme l'avait fait leur père.

Sie verlangten vom Vater eine sofortige Erklärung.

Ils ont exigé une explication immédiate du père.

Sie zupften unruhig an ihren Bärten, um eine Antwort zu bekommen.

Ils tiraient nerveusement sur leur barbe, cherchant une réponse.

Und sie bewegten sich rückwärts in ihr Zimmer, aber sehr langsam.

Et ils reculèrent jusqu'à leur chambre, mais très lentement.

Die Unterbrechung hatte die Schwester in eine Trance versetzt.

L'interruption avait plongé la sœur dans une sorte de transe.

Sie ließ Geige und Bogen an ihrer Seite herabhängen.

Elle laissa pendre le violon et l'archet le long de son corps.

Und sie blickte auf die Notenblätter, als ob sie immer noch spielen würde.

Et elle regarda la partition comme si elle jouait encore.

Doch dann zog sie sich plötzlich wieder ins Zimmer zurück.

Mais soudain, elle est revenue dans la pièce.

Und sie hatte nun das Gefühl, verloren zu sein, überwunden.

Et elle avait désormais surmonté le sentiment d'être perdue.

Sie legte das Musikinstrument auf den Schoß ihrer Mutter.

Elle a posé l'instrument de musique sur les genoux de sa mère.

Die Mutter saß schwer atmend auf dem Stuhl.

La mère était assise sur la chaise, respirant bruyamment.

Und dann musste die Schwester ins Nebenzimmer rennen.

Et puis la sœur a dû courir dans la pièce voisine.

Sie musste alles für die Herren vorbereiten.

Elle devait tout préparer pour les messieurs.

Sie warf die Decken und Kissen in die Luft.

Elle a jeté les couvertures et les coussins en l'air.

Und mit ihren geschickten Händen richtete sie die gesamte Bettwäsche her.

Et de ses mains expertes, elle a disposé toute la literie.

Sie war schon fertig, bevor die Herren den Raum erreichten.
Elle avait terminé avant que les messieurs n'atteignent la pièce.
Und sie verschwand, bevor sie ihnen in die Quere kam.
Et elle s'est éclipsée avant de les gêner.
Der Vater schien von seiner eigenen Sturheit beherrscht zu sein.
Le père semblait prisonnier de son propre entêtement.
Und so vergaß er jeglichen Respekt, den er seinen Mietern schuldete.
Et il oublia ainsi tout le respect qu'il devait à ses locataires.
Er drängte und drängte, bis deren Sprecher Einspruch erhob.
Il a insisté sans relâche jusqu'à ce que leur porte-parole s'y oppose.
Als er die Tür erreichte, stampfte er wütend mit dem Fuß auf.
Il a tapé du pied avec colère en arrivant à la porte.
Und damit brachte er den Vater zum Schweigen.
Et c'est ainsi qu'il immobilisa le père.
„Hiermit erkläre ich", begann er sich an seinen Vermieter zu wenden.
« Par la présente, je déclare », commença-t-il en s'adressant à son propriétaire.
Und er hob die Hand und blickte die ganze Familie an.
Et il leva la main, regardant toute la famille.
„Hinsichtlich der widerlichen Zustände im Zimmer;"
« En ce qui concerne l'état répugnant de la chambre ; »
Und er sorgte dafür, dass alle seinen Worten zuhörten.
Et il s'assurait que tous écoutaient ses paroles.
"Hiermit kündige ich meinen Auszug aus meinem Zimmer."
« Par la présente, je vous informe que je vais libérer ma chambre. »
Und er unterstrich seine Aussage zusätzlich, indem er auf den Boden spuckte.
Et il a appuyé son propos en crachant par terre.
„Auch die Tage, die ich hier gelebt habe, werde ich nicht bezahlen."

« Je ne paierai pas non plus pour les jours que j'ai passés ici. »
Mit dieser Rückerstattung war er allerdings nicht ganz zufrieden.
Il n'était cependant pas entièrement satisfait de ce remboursement.
„Und ich werde erwägen, weitere Forderungen an Sie zu stellen.“
« Et j'envisagerai de formuler d'autres demandes à votre encontre. »
„Glauben Sie mir, solche Forderungen lassen sich sehr leicht rechtfertigen.“
« Croyez-moi, de telles demandes seront très faciles à justifier. »
Er schwieg und blickte den Vater direkt an.
Il resta silencieux et regarda droit devant lui, vers son père.
Er schien zu erwarten, dass noch etwas passieren würde.
Il semblait s'attendre à ce qu'il se passe quelque chose de plus.
Tatsächlich hatten seine beiden Freunde sofort die gleiche Idee.
En fait, ses deux amis ont immédiatement eu la même idée.
„Wir stornieren auch unsere Zimmer“, sagten sie unisono.
« Nous annulons également nos réservations de chambres », ont-ils déclaré à l'unisson.
Dann packte er den Türgriff und schloss die Tür.
Il a alors saisi la poignée de la porte et l'a fermée.
Und mit einem lauten Knall schlossen sie sich in ihrem Zimmer ein.
Et dans un grand fracas, ils s'enfermèrent dans leur chambre.
Der Vater taumelte mit tastenden Händen zu seinem Stuhl.
Le père s'est dirigé en titubant vers sa chaise, les mains tâtonnantes.
Und er ließ sich besiegt in den Stuhl fallen.
Et il se laissa tomber sur la chaise, vaincu.
Es sah so aus, als ob er seinen üblichen Abendschlaf halten würde.
On aurait dit qu'il allait faire sa sieste habituelle du soir.

Sein Kopf nickte jedoch fast so, als ob er nicht gestützt würde.

Mais sa tête hocha presque comme si elle n'était pas soutenue.

Und man konnte sehen, dass er überhaupt nicht schlief.

Et on pouvait voir qu'il ne dormait pas du tout.

Während all dem hatte Gregor sich nicht von der Stelle gerührt.

Durant tout ce temps, Gregor n'avait pas bougé de sa place.

Er befand sich noch immer an der Stelle, wo die Herren ihn zuerst gesehen hatten.

Il était toujours là où les messieurs l'avaient aperçu pour la première fois.

Selbst wenn er umziehen wollte, fand er es unmöglich.

Même s'il avait voulu déménager, il trouvait cela impossible.

Entweder aus Enttäuschung oder aus Hunger.

À cause de sa déception, ou à cause de sa faim.

Er war enttäuscht über das Scheitern seines Plans.

Il était déçu par l'échec de son plan.

Und er war geschwächt von dem anhaltenden Hunger, den er verspürte.

Et il était affaibli par la faim persistante qu'il ressentait.

Er war sich sicher, dass sich jeden Moment alle gegen ihn wenden würden.

Il était certain que tout le monde se retournerait contre lui à tout moment.

In Erwartung des unmittelbar bevorstehenden Zusammenbruchs wartete er.

C'est avec cette certitude d'un effondrement imminent qu'il attendit.

Die Geige begann vom Schoß der Mutter zu rutschen.

Le violon commença à glisser des genoux de sa mère.

Mit einem ohrenbetäubenden Geräusch fiel die Geige zu Boden.

Dans un fracas retentissant, le violon tomba au sol.

Doch selbst dieses plötzliche Krachen ließ ihn nicht erschrecken.

Mais même ce bruit soudain et fracassant ne l'a pas surpris.

„Liebe Eltern", sagte die Schwester, „so kann es nicht
weitergehen."

« Chers parents, dit la sœur, cela ne peut pas continuer. »

**Und um ihrer Aussage Nachdruck zu verleihen, schlug sie
mit der Hand auf den Tisch.**

Et elle a frappé du poing sur la table pour appuyer ses propos.

"Ich werde den Namen meines Bruders vor diesem Monster
nicht aussprechen."

« Je ne prononcerai pas le nom de mon frère devant ce
monstre. »

„Deshalb sage ich es so deutlich wie möglich:"

« C'est pourquoi je le dis aussi crûment que possible : »

**„Uns bleibt keine andere Wahl, als dieses Tier
loszuwerden."**

«Nous n'avons pas d'autre choix que de nous débarrasser de
cet animal.»

**„Wir haben unser Bestes getan, um dieses Tier zu tolerieren
und zu pflegen."**

« Nous avons fait de notre mieux pour tolérer et prendre soin
de cet animal. »

**„Ich glaube nicht, dass uns irgendjemand auch nur im
Geringsten die Schuld geben kann."**

« Je ne pense pas que quiconque puisse nous blâmer, même
légèrement. »

„Sie hat tausendfach Recht", stimmte der Vater zu.

« Elle a mille fois raison », a acquiescé le père.

**Die Mutter hatte noch immer nicht wieder richtig Luft
bekommen.**

La mère n'avait pas encore complètement repris son souffle.

**Sie begann dumpf in ihre Hand zu husten und atmete
schwer.**

Elle se mit à tousser sourdement dans sa main, la respiration
lourde.

**Und in ihren Augen begann sich ein wahnsinniger
Ausdruck abzuzeichnen.**

Et une expression de folie commença à apparaître dans ses
yeux.

Die Schwester eilte zu ihrer Mutter und hielt sich die Stirn.

La sœur s'est précipitée vers sa mère et lui a pris le front.

Der Vater schien von den Worten der Schwester inspiriert zu sein.

Les paroles de la sœur semblaient inspirer le père.

Und seine Gedanken schienen klarer als zuvor.

Et ses pensées semblaient plus claires qu'auparavant.

Er hörte auf, mit dem Kopf zu nicken, und setzte sich wieder aufrecht hin.

Il cessa d'acquiescer et se redressa.

Und er spielte, in tiefes Nachdenken versunken, mit der Mütze seines Dieners.

Et il jouait avec la casquette de son serviteur, plongé dans ses pensées.

Die Teller der Mieter standen noch auf dem Tisch.

Les assiettes des locataires étaient encore sur la table.

Und manchmal blickte er zu dem schweigenden Gregor hinüber.

Et il regardait parfois vers Gregor, qui restait silencieux.

„Wir müssen versuchen, es loszuwerden", sagte die Schwester zu ihm.

« Nous devons essayer de nous en débarrasser », lui dit sa sœur.

Die Mutter war zu sehr mit Husten beschäftigt, um zuzuhören.

La mère était trop occupée à tousser pour écouter.

„Das wird euch beide umbringen, ich sehe es schon kommen."

« Ça va vous tuer tous les deux, je le vois déjà venir. »

„Wir können nicht alle weiterhin so hart arbeiten wie bisher."

«Nous ne pouvons pas tous continuer à travailler aussi dur que nous le faisons.»

„Und jeden Tag müssen wir nach Hause kommen und diese Qualen erleiden."

« Et chaque jour, nous devons rentrer chez nous et subir ce supplice. »

„Wir können das nicht mehr ertragen. Ich kann das nicht
mehr ertragen."
« Nous n'en pouvons plus. Je n'en peux plus. »
In einem letzten Tränenausbruch sank sie ihrer Mutter in
die Arme.
Elle s'est effondrée dans les bras de sa mère, en larmes une
dernière fois.
Die Tränen rannen ihr über das Gesicht und auf das ihrer
Mutter.
Les larmes coulèrent sur son visage et sur celui de sa mère.
Und mit einer mechanischen Bewegung wischte sie sich die
Tränen weg.
Et elle essuya ses larmes d'un geste machinal.
„Mein Kind", sagte der Vater mitfühlend.
« Mon enfant », dit le père d'une voix compatissante.
In seiner Stimme lag tiefes Mitgefühl und Verständnis.
Il y avait une profonde sympathie et une grande
compréhension dans sa voix.
„Aber was sollen wir tun?", gestand er und gab zu, es nicht
zu wissen.
« Mais que devons-nous faire ? » avoua-t-il ne pas savoir.
Die Schwester zuckte nur hilflos mit den Schultern.
La sœur haussa simplement les épaules, impuissante.
Und ihr anfängliches Selbstvertrauen wich erneut Tränen.
Et sa confiance d'antan fit de nouveau place aux larmes.
„Wenn er uns doch nur verstehen würde", sagte der Vater
laut.
« Si seulement il nous comprenait », dit le père à voix haute.
Und er fragte sich halb, ob Gregor es vielleicht verstanden
hatte.
Et il se demandait à moitié si Gregor avait compris.
Die Schwester schüttelte unter Tränen heftig die Hand.
La sœur lui a secoué la main violemment en pleurant.
Und so signalisierte sie, dass man diese Idee gar nicht erst in
Erwägung ziehen sollte.
Elle a donc indiqué qu'il ne fallait pas envisager cette idée.

„Aber wenn er uns doch nur verstehen würde", wiederholte der Vater.

« Mais si seulement il nous comprenait », répéta le père.

Er schloss die Augen und dachte über die Antwort seiner Schwester nach.

Les yeux fermés, il réfléchit à la réponse de sa sœur.

"Wenn er verstünde, dass eine Vereinbarung mit ihm getroffen werden könnte."

« S'il comprenait qu'un accord pouvait être conclu avec lui. »

„Aber unter den gegebenen Umständen…"

« Mais vu la situation actuelle… »

„Es muss weg!", rief die Schwester, „es ist der einzige Weg."

«Il faut l'enlever,» s'écria la sœur, «c'est la seule solution.»

„Du musst den Gedanken loswerden, dass es Gregor ist."

«Il faut vous débarrasser de l'idée que c'est Gregor.»

„Dass wir das so lange geglaubt haben, ist unser eigentliches Unglück."

« Notre véritable malheur, c'est d'y avoir cru si longtemps. »

„Aber wie kann es Gregor sein?", fragte sie ihren Vater.

« Mais comment est-ce possible que ce soit Gregor ? » demanda-t-elle à son père.

„Er wusste, dass ein solches Tier nicht mit Menschen zusammenleben kann."

« Il savait qu'un tel animal ne pouvait pas coexister avec les humains. »

„Gregor hätte uns schon längst freiwillig verlassen."

« Gregor nous aurait quittés depuis longtemps, volontairement. »

„Das stimmt, dann hätten wir keinen Bruder mehr."

« C'est vrai, nous n'aurions alors plus de frère. »

„Aber wir könnten weiterleben und sein Andenken ehren."

« Mais nous pourrions continuer à vivre et à honorer sa mémoire. »

„Aber dieses Ungeheuer verfolgt uns und vertreibt unsere Pächter."

« Mais cette bête nous poursuit et chasse nos locataires. »

„Es will ganz offensichtlich die ganze Wohnung in Besitz
nehmen.“

« De toute évidence, il veut s'emparer de tout l'appartement. »

„Dieses Biest will, dass wir auf der Straße schlafen.“

« Cette bête veut nous faire dormir dans la rue. »

"Schau, Vater", rief sie plötzlich, "er bewegt sich schon
wieder!"

« Regarde, papa, » s'écria-t-elle soudain, « il bouge à nouveau !
»

Und sie tat etwas, das selbst Gregor nicht verstehen konnte.

Et elle fit quelque chose que même Gregor ne put comprendre.

**Sie stieß sich von sich selbst ab, als wolle sie die Mutter
opfern.**

Elle se repoussa, comme pour sacrifier sa mère.

**Und sie rannte hinter ihrem Vater her, um sich in Sicherheit
zu bringen.**

Et elle a couru derrière son père pour trouver une sorte de
sécurité.

**Der Vater war nur deshalb so aufgebracht, weil seine
Tochter es war.**

Le père n'était agité que parce que sa fille l'était.

Doch dann stand auch er auf und hob die Arme über sie.

Mais lui aussi se leva et leva les bras au-dessus d'elle.

**Gregor hatte jedoch keinerlei Absicht gehabt,
irgendjemanden zu erschrecken.**

Mais Gregor n'avait aucune intention d'effrayer qui que ce
soit.

**Er hatte insbesondere nicht die Absicht, seine Schwester zu
erschrecken.**

Il n'avait surtout aucune intention d'effrayer sa sœur.

**Er wollte sich gerade umdrehen und zurück in sein Zimmer
gehen.**

Il essayait simplement de faire demi-tour pour retourner dans
sa chambre.

**Doch in seinem sich verschlechternden Zustand war selbst
das schwierig.**

Mais, compte tenu de l'aggravation de son état, même cela devenait difficile.

Und er konnte seine Beine nicht mehr vollumfänglich nutzen.

Et il ne pouvait plus se servir pleinement de ses jambes.

Also benutzte er seinen Kopf, um seinen Körper anzuheben und sich umzudrehen.

Il utilisa donc sa tête pour soulever son corps et se retourner.

Er hielt inne und suchte in der Familie nach deren Zustimmung.

Il marqua une pause et chercha l'approbation de sa famille du regard.

Seine guten Absichten schienen erkannt worden zu sein.

Il semble que sa bonne intention ait été reconnue.

Seine Bewegung hatte sie nur kurzzeitig erschreckt.

Son mouvement ne leur avait procuré qu'un choc momentané.

Nun blickten sie ihn alle in unglücklichem Schweigen an.

À présent, ils le regardaient tous en silence, visiblement malheureux.

Die Mutter lag noch immer erschöpft im Sessel.

La mère était toujours allongée dans le fauteuil, épuisée.

Vater und Schwester saßen nebeneinander.

Le père et la sœur étaient assis l'un à côté de l'autre.

»Vielleicht lassen sie mich jetzt umdrehen«, dachte Gregor.

« Peut-être qu'ils me laisseront faire demi-tour maintenant », pensa Gregor.

Und er setzte seine unbeholfene Drehbewegung fort.

Et il continua à effectuer son mouvement de rotation maladroit.

Er konnte die gelegentlichen Atemzüge der Anstrengung nicht unterdrücken.

Il ne pouvait réprimer les halètements occasionnels dus à l'effort.

Und er war gezwungen, zwischendurch ein paar Mal Pausen einzulegen.

Et il a été contraint de se reposer à plusieurs reprises entre-temps.

Niemand drängte ihn jetzt zur Eile; es lag ganz bei ihm.

Plus personne ne le pressait ; c'était à lui de décider.

Schließlich vollendete er die langsame und schmerzhafte Drehung.

Finalement, il acheva ce virage lent et douloureux.

Er machte sich sofort auf den Weg zurück in sein Zimmer.

Il se dirigea aussitôt vers sa chambre.

Er war erstaunt darüber, wie weit er von seinem Zimmer entfernt war.

Il était stupéfait de la distance qui le séparait de sa chambre.

Wie war er trotz seiner Schwäche zuvor dorthin gelangt?

Comment, malgré sa faiblesse, avait-il réussi à y parvenir auparavant ?

Er war fast denselben Weg gegangen, ohne es zu bemerken.

Il avait emprunté presque le même chemin sans s'en apercevoir.

Er konzentrierte sich jetzt nur noch darauf, so schnell wie möglich zu krabbeln.

Il se concentrait simplement sur le fait de ramper aussi vite qu'il le pouvait.

Das Ausbleiben von Kommentaren störte ihn nicht.

L'absence de commentaires ne le dérangeait pas.

Erst als er schon in der Tür war, drehte er den Kopf.

Ce n'est que lorsqu'il fut déjà à l'intérieur qu'il tourna la tête.

Aber er konnte sich nicht vollständig umdrehen und zurückblicken.

Mais il n'a pas pu se retourner complètement.

Denn er spürte, wie sich sein Nacken beim Umdrehen noch mehr versteifte.

Car il sentit sa nuque se raidir encore davantage en se tournant.

Doch er sah, dass sich hinter ihm ohnehin nichts verändert hatte.

Mais il constata que rien n'avait changé derrière lui.

Der einzige Unterschied war, dass seine Schwester aufgestanden war.

La seule différence, c'est que sa sœur s'était levée.

Sein letzter Blick verriet ihm, dass seine Mutter eingeschlafen war.

Son dernier regard lui montra que sa mère s'était endormie.

Sobald er in seinem Zimmer war, wurde die Tür geschlossen.

Dès qu'il fut entré dans sa chambre, la porte fut fermée.

Und sobald die Tür geschlossen war, wurde der Schrank verriegelt.

Et dès que la porte fut fermée, le verrouilla.

Gregor erschrak über das unerwartete Geräusch hinter ihm.

Gregor fut effrayé par le bruit inattendu derrière lui.

Und vor lauter Überraschung knickten seine Beine unter ihm ein.

Et ses jambes fléchirent sous lui, surprises par la soudaineté.

Es war seine Schwester, die hinter ihm zur Tür geeilt war.

C'est sa sœur qui s'était précipitée vers la porte derrière lui.

Sie stand bereits aufrecht da und wartete auf ihn.

Elle s'était déjà dressée, et l'attendait.

Dann machte sie einen leichten Sprung nach vorn, ohne dass Gregor es hörte.

Elle fit alors un petit saut en avant sans que Gregor ne l'entende.

"Endlich!", rief sie laut, als sie den Schlüssel umdrehte.

« Enfin ! » s'écria-t-elle en tournant la clé.

„Was nun?", fragte sich Gregor, allein in der Dunkelheit.

« Et maintenant ? » se demanda Gregor, seul dans l'obscurité.

Er merkte bald, dass er sich überhaupt nicht mehr bewegen konnte.

Il s'aperçut bientôt qu'il ne pouvait plus bouger du tout.

Doch seine Unbeweglichkeit überraschte ihn nicht wirklich.

Mais son immobilité ne le surprenait pas vraiment.

Sich auf so dünnen Beinen fortbewegen zu können, erschien lächerlich.

Pouvoir se déplacer sur des jambes aussi fines semblait ridicule.

Er wusste nicht, wie ihm das jemals gelungen war.

Il ne savait pas comment il avait pu y parvenir.

Abgesehen davon fühlte er sich aber relativ wohl.

Mais à part ça, il se sentait relativement à l'aise.

Es stimmt, dass er am ganzen Körper tiefe Schmerzen verspürte.

Il est vrai qu'il ressentait une douleur intense dans tout le corps.

Doch der Schmerz schien immer schwächer zu werden.

Mais la douleur semblait s'atténuer de plus en plus.

Und er hatte das Gefühl, der Schmerz würde irgendwann verschwinden.

Et il avait l'impression que la douleur finirait par disparaître.

Er spürte den faulen Apfel in seinem Rücken kaum noch.

Il sentait à peine la pomme pourrie dans son dos.

Er dachte mit Rührung und Liebe an seine Familie zurück.

Il repensa à sa famille avec émotion et amour.

Er spürte die Gefühle seiner Schwester noch stärker als sie selbst.

Il ressentait les émotions de sa sœur encore plus intensément qu'elle.

Sie hatte Recht mit dem, was sie gesagt hatte; er musste gehen.

Elle avait raison ; il devait partir.

Er verbrachte einige Zeit in diesem leeren und friedlichen Zustand.

Il passa quelque temps dans cet état désert et paisible.

Die Uhr schlug dreimal, leise, aber bestimmt.

L'horloge sonna trois fois, doucement mais fermement.

Gregor wurde sanft aus seinen Betrachtungen gerissen.

Gregor fut doucement tiré de ses pensées.

Er beobachtete, wie das Morgenlicht langsam in sein Zimmer drang.

Il regarda la lumière du matin pénétrer lentement dans sa chambre.

Dann sank sein Kopf völlig nach unten, ohne dass er es wollte.

Puis sa tête s'affaissa complètement, malgré lui.

Und sein letzter Atemzug entwich schwach aus seinen
Nasenlöchern.
Et son dernier souffle s'échappa faiblement de ses narines.

Das Dienstmädchen kam früh am Morgen in sein Zimmer.
La femme de chambre est entrée dans sa chambre tôt le matin.
Bei ihrem üblichen kurzen Besuch fand sie nichts
Ungewöhnliches vor.
Elle n'a rien trouvé d'inhabituel lors de sa courte visite
habituelle.
Aus Kraft und in Eile knallte sie alle Türen zu.
À bout de forces et dans la précipitation, elle claqua toutes les
portes.
An ruhigen Schlaf war in der gesamten Wohnung nicht zu
denken.
Il était impossible de dormir paisiblement dans tout
l'appartement.
Sie war gebeten worden, dies morgens zu vermeiden.
On lui avait demandé d'éviter de faire cela le matin.
Sie glaubte, er läge absichtlich so regungslos da.
Elle pensait qu'il restait allongé là, immobile, exprès.
Vielleicht wollte er ihr zeigen, dass er beleidigt war.
Peut-être voulait-il lui montrer qu'il était offensé.
Sie vertraute darauf, dass er über alle Arten von Intelligenz
verfügte.
Elle lui faisait confiance et pensait qu'il était doté d'une
intelligence hors du commun.
Sie hielt zufällig den langen Besen in der Hand.
Il se trouve qu'elle tenait le long balai à la main.
Also versuchte sie von der Tür aus, Gregor ein wenig zu
kitzeln.
Alors, depuis la porte, elle essaya de chatouiller un peu
Gregor.
Sie war etwas verärgert darüber, dass er überhaupt nicht
reagierte.
Elle était un peu agacée qu'il ne réponde pas du tout.
Deshalb stieß sie ihn diesmal etwas energischer an.

Alors cette fois, elle le poussa un peu plus fermement.

Als er keinen Widerstand leistete, sah sie genauer hin.

Comme il n'opposait aucune résistance, elle l'examina de plus près.

Bald begriff sie, was Gregor wirklich zugestoßen war.

Elle comprit rapidement ce qui était réellement arrivé à Gregor.

Sie öffnete die Augen noch weiter und pfiff vor sich hin.

Elle ouvrit davantage les yeux et siffla pour elle-même.

Doch sie zögerte nicht lange, bevor sie die Tür öffnete.

Mais elle n'a pas tardé à ouvrir la porte.

Und sie rief mit lauter Stimme in die Dunkelheit:

Et elle cria d'une voix forte dans l'obscurité :

"Komm und sieh es dir an, da liegt es, völlig tot."

«Viens voir, il est là, complètement mort.»

Die beiden Eltern saßen aufrecht in ihrem Ehebett.

Les deux parents étaient assis bien droits dans leur lit conjugal.

Zuerst mussten sie den Lärmschock überwinden.

Il leur fallait d'abord surmonter le choc du bruit.

Doch dann begannen sie langsam, ihre Botschaft zu verstehen.

Mais peu à peu, ils ont commencé à comprendre son message.

Herr und Frau Samsa sprangen jeweils von ihrer Seite des Bettes.

Monsieur et Madame Samsa ont chacun sauté de leur côté du lit.

Herr Samsa warf sich die dicke Decke über die Schultern.

M. Samsa jeta l'épaisse couverture sur ses épaules.

Und Frau Samsa kam nur im Nachthemd heraus.

Et Mme Samsa sortit vêtue uniquement de sa chemise de nuit.

Und so gelangten sie in Gregors Zimmer.

C'est ainsi qu'ils entrèrent dans la chambre de Gregor.

Inzwischen hatte sich auch die Tür zum Wohnzimmer geöffnet.

Entre-temps, la porte du salon s'était également ouverte.

Grete hatte dort geschlafen, seit die Mieter eingezogen waren.

Grete y dormait depuis l'emménagement des locataires.

Sie war vollständig angezogen, als hätte sie überhaupt nicht geschlafen.

Elle était entièrement habillée comme si elle n'avait pas dormi du tout.

Ihr blasses Gesicht schien ebenfalls ihren Schlafmangel zu beweisen.

Son visage pâle semblait également témoigner de son manque de sommeil.

„Er ist tot?", fragte Frau Samsa und blickte die Magd an.

« Il est mort ? » demanda Mme Samsa en regardant la bonne.

Das hätte sie selbst überprüfen können, indem sie ihn angesehen hätte.

Elle aurait pu le confirmer en le regardant elle-même.

„Ich glaube schon", sagte das Dienstmädchen und hob den Besen auf.

« Je le crois », dit la bonne en ramassant le balai.

Und sie schob seinen Körper ein langes Stück über den Boden.

Et elle a poussé son corps sur une longue distance à travers le sol.

Frau Samsa machte eine Bewegung, als wolle sie sie aufhalten.

Mme Samsa fit un mouvement comme si elle voulait l'arrêter.

Doch am Ende ließ sie das Dienstmädchen Gregor herumschieben.

Mais finalement, elle a laissé la bonne faire glisser Gregor.

„Nun", sagte Herr Samsa, „endlich können wir Gott danken."

« Eh bien, » dit M. Samsa, « enfin nous pouvons remercier Dieu. »

Er bekreuzigte sich; Kopf, Brust, Schultern.

Il fit le signe de croix : tête, poitrine, épaules.

Und die drei Frauen folgten seinem religiösen Beispiel.

Et les trois femmes suivirent son exemple religieux.

Grete, die den Blick nicht von der Leiche abwandte, sagte:
Grete, qui ne quittait pas le cadavre des yeux, dit :
„Seht nur, wie dünn er war! Er hat so lange nichts gegessen.“
«Regardez comme il est maigre, il n'a pas mangé depuis si
longtemps.»
„Das Futter, das ich ihm jeden Morgen hinstellte, war immer
unberührt.“
« La nourriture que je lui laissais chaque matin restait toujours
intacte. »
Tatsächlich war Gregors Körper völlig flach und trocken.
En fait, le corps de Gregor était complètement plat et sec.
Dies war nun, da er am Boden lag, deutlicher zu erkennen.
C'était plus visible maintenant qu'il était au sol.
Weil sein Körper nicht mehr von seinen Beinen
hochgehalten wurde.
Parce que son corps n'était plus soutenu par ses jambes.
Und weil es nichts anderes gab, was die Aussicht
beeinträchtigte.
Et parce que rien d'autre ne venait distraire la vue.
„Komm doch für eine Weile mit uns herein, Grete“, sagte
Frau Samsa.
«Viens avec nous un moment, Grete», dit Mme Samsa.
Während sie sprach, lag ein gequältes Lächeln auf ihren
Lippen.
Un sourire douloureux se dessinait sur ses lèvres lorsqu'elle
parlait.
Grete folgte ihnen, blickte aber auch immer wieder zurück
auf die Leiche.
Grete les suivit, mais jeta aussi un coup d'œil en arrière au
cadavre.
Das Dienstmädchen schloss die Tür und öffnete das Fenster
ganz.
La bonne ferma la porte et ouvrit grand la fenêtre.
Es war noch früh, daher wäre die Luft normalerweise kalt.
Il était encore tôt, l'air était donc normalement froid.
Doch in der kalten Luft lag auch ein Hauch von Wärme.
Mais il y avait aussi un mélange de chaleur dans l'air froid.

Wie eine sanfte Erinnerung daran, dass es nun Ende März war.

Comme un doux rappel que c'était désormais la fin du mois de mars.

Die drei Mieter verließen nun ebenfalls ihr Zimmer.

Les trois locataires sortirent alors eux aussi de leur chambre.

Sie schauten sich staunend nach ihrem Frühstück um.

Ils cherchèrent leur petit-déjeuner avec étonnement.

Das Frühstück wurde vergessen, wegen dem, was das Dienstmädchen gefunden hatte.

Le petit-déjeuner a été oublié à cause de ce que la femme de chambre a trouvé.

„Wo gibt es Frühstück?", grummelte der mittlere Herr.

« Où est le petit-déjeuner ? » grommela l'homme du milieu.

Das Dienstmädchen legte den Finger an den Mund, um Ruhe zu gebieten.

La bonne porta son doigt à sa bouche pour demander le silence.

Und sie winkte den Herren hastig und stumm zu.

Et elle salua les messieurs d'un geste rapide et silencieux.

Das Dienstmädchen geleitete die drei Herren in den Raum.

La servante fit entrer les trois messieurs dans la pièce.

Und sie erklärte ihnen weiterhin, was geschehen war.

Et elle a continué à leur expliquer ce qui s'était passé.

Und die drei Herren standen um Gregors Leichnam herum.

Et les trois messieurs se tinrent autour du corps de Gregor.

Mit den Händen in den Taschen blickten sie nach unten.

Les mains dans les poches, ils baissèrent les yeux.

Das Morgenlicht hatte den Raum nun vollständig durchflutet.

La lumière du matin inondait désormais complètement la pièce.

Dann öffnete sich die Schlafzimmertür und Herr Samsa erschien.

La porte de la chambre s'ouvrit alors et M. Samsa apparut.

Auf der einen Seite saß seine Frau, auf der anderen seine Tochter.

D'un côté se trouvait sa femme, et de l'autre sa fille.

Herr Samsa trug inzwischen bereits seine Uniform.

M. Samsa portait déjà son uniforme.

Man konnte sehen, dass sie alle ein bisschen geweint hatten.

On pouvait voir qu'ils avaient tous un peu pleuré.

Grete drückte ihr Gesicht an den Arm ihres Vaters.

Grete pressa son visage contre le bras de son père.

„Verlassen Sie sofort meine Wohnung!", befahl Herr Samsa.

« Quittez mon appartement immédiatement ! » ordonna M.
Samsa.

Und er deutete auf die Tür, ohne die Frauen gehen zu lassen.

Et il désigna la porte sans laisser partir les femmes.

**„Was meinen Sie damit?", fragte der Mittelsmann
verunsichert.**

« Que voulez-vous dire ? » demanda l'intermédiaire,
déconcerté.

**Und er gab sich alle Mühe, Herrn Samsa freundlich
anzulächeln.**

Et il fit de son mieux pour sourire gentiment à M. Samsa.

Die anderen beiden hielten ihre Hände hinter dem Rücken.

Les deux autres tenaient leurs mains derrière leur dos.

Und sie rieben sich erwartungsvoll die Hände.

Et ils se frottèrent les mains d'impatience.

Offenbar erwarteten sie einen lauten Streit.

Ils semblaient s'attendre à une violente dispute.

**Aber sie schienen sich auf die bevorstehende
Auseinandersetzung zu freuen.**

Mais ils semblaient se réjouir de la dispute à venir.

Sie dachten, der Streit würde zu ihren Gunsten ausgehen.

Ils pensaient que le litige tournerait à leur avantage.

**„Ich meine genau das, was ich eben gesagt habe", antwortete
Herr Samsa.**

« Je maintiens exactement ce que je viens de dire », a répondu
M. Samsa.

Er ging mit seinen beiden Begleitern in einer geraden Linie.

Il marchait en ligne droite avec ses deux compagnons.

Und Herr Samsa ging direkt auf ihren Anführer zu.

Et M. Samsa s'est adressé directement à leur responsable.

Der Herr blieb zunächst stehen und blickte zu Boden.

Le monsieur resta d'abord immobile, le regard fixé au sol.

Die Gedanken in seinem Kopf waren noch im Wandel.

Le contenu de sa tête était encore en train de se réorganiser.

"Gut, dann gehen wir", sagte er und blickte zu Herrn Samsa auf.

« Très bien, nous y allons », dit-il en levant les yeux vers M. Samsa.

Eine neue Demut schien ihn plötzlich ergriffen zu haben.

Une nouvelle humilité semblait l'avoir soudainement envahi.

Und er schien um Erlaubnis für diese Entscheidung zu bitten.

Et il semblait demander la permission pour cette décision.

Herr Samsa öffnete die Augen weit und nickte leicht.

M. Samsa ouvrit grand les yeux et hocha légèrement la tête.

Die Herren folgten seinem Befehl unverzüglich.

Les messieurs obéirent immédiatement à son ordre.

Und sie machten tatsächlich große Schritte in den Flur hinein.

Et ils ont effectivement fait de longues enjambées dans le couloir.

Seine Freunde hatten bereits aufgehört, sich die Hände zu reiben.

Ses amis avaient déjà cessé de se frotter les mains.

Sie hatten mitgehört, wie das Gespräch verlaufen war.

Ils avaient écouté le déroulement de la conversation.

Und nun rannten sie ihm nach, als ob sie Angst hätten.

Et maintenant, ils couraient après lui, comme pris de peur.

Es ist möglich, dass Herr Samsa sie immer noch von ihrem Anführer isoliert.

M. Samsa pourrait encore les isoler de leur chef.

Sie zogen ihre Stöcke aus dem Stöckebehälter.

Ils ont sorti leurs bâtons du récipient.

Und sie verbeugten sich schweigend, bevor sie die Wohnung verließen.

Et ils s'inclinèrent en silence avant de quitter l'appartement.

Herr Samsa und die beiden Frauen traten aus dem Vorplatz.
M. Samsa et les deux femmes sortirent sur le parvis.
Aber eigentlich hatten sie keinen Grund, den Männern zu misstrauen.
Mais en réalité, ils n'avaient aucune raison de se méfier de ces hommes.
Sie lehnten sich ans Geländer, um zu überprüfen, ob sie weg waren.
Ils s'appuyèrent sur la rambarde pour vérifier s'ils étaient partis.
Die drei Herren kamen tatsächlich die Treppe herunter.
Les trois messieurs descendaient effectivement les escaliers.
In einer bestimmten Kurve der Treppe verschwanden sie.
Ils disparurent dans un virage de l'escalier.
Und dann brachte die Treppe sie wieder in Sichtweite.
Puis l'escalier les ramena à la vue.
Dieses Erscheinen und Verschwinden wiederholte sich auf jeder Etage.
Ce phénomène d'apparition et de disparition se répétait à chaque étage.
Doch schließlich waren sie fast am Ziel.
Mais finalement, ils étaient presque arrivés au fond.
Je weiter sie gingen, desto uninteressanter wurden sie.
Plus ils avançaient, moins ils étaient intéressants.
Alle kehrten erleichtert ins Haus zurück.
Tout le monde est rentré à la maison, comme soulagé.
Sie beschlossen, den Tag zum Ausruhen und für einen Spaziergang zu nutzen.
Ils décidèrent de profiter de la journée pour se reposer et aller se promener.
Sie waren der Meinung, dass sie sich diese Auszeit von ihrer Arbeit verdient hatten.
Ils estimaient avoir mérité cette pause dans leur travail.
Sie hatten diese Auszeit nicht nur verdient, sie brauchten sie auch.
Non seulement ils méritaient cette pause, mais ils en avaient besoin.

Sie setzten sich an den Tisch, um Entschuldigungsbriefe zu
schreiben.

Ils s'assirent à table pour écrire des lettres d'excuses.

**Herr Samsa verfasste seinen Entschuldigungsbrief an die
Geschäftsleitung.**

M. Samsa a adressé une lettre d'excuses à sa direction.

**Frau Samsa schrieb ihren Entschuldigungsbrief an ihre
Kunden.**

Mme Samsa a écrit sa lettre d'excuses à ses clients.

**Und Grete schrieb ihren Entschuldigungsbrief an ihren
Schulleiter.**

Et Grete a écrit sa lettre d'excuses à son directeur.

**Während alle schrieben, kam das Dienstmädchen ins
Zimmer.**

Pendant qu'ils écrivaient tous, la bonne entra dans la pièce.

**Ihre Arbeit am Vormittag war erledigt, also ging sie nach
Hause.**

Son travail du matin était terminé, elle rentrait donc chez elle.

Die drei Schriftsteller nickten zunächst, ohne aufzusehen.

Les trois écrivains hochèrent d'abord la tête, sans lever les
yeux.

**Das Dienstmädchen schien aber noch nicht gehen zu
wollen.**

Mais la bonne ne semblait pas encore vouloir partir.

**Sie wartete einen Moment, bis die drei Schriftsteller
aufblickten.**

Elle attendit un peu, jusqu'à ce que les trois écrivains lèvent les
yeux.

„Na?", fragte Herr Samsa verärgert, genau wie die anderen.

« Eh bien ? » demanda M. Samsa, en colère, comme l'étaient
les autres.

**Das Dienstmädchen stand mit einem Lächeln im Gesicht in
der Tür.**

La bonne se tenait sur le seuil, un sourire aux lèvres.

**Sie erweckte den Eindruck, gute Neuigkeiten zu verkünden
zu haben.**

Elle donnait l'impression d'avoir de bonnes nouvelles à annoncer.

Aber sie würde die Neuigkeit nicht preisgeben, solange sie nicht dazu aufgefordert würde.

Mais elle n'allait pas partager la nouvelle à moins qu'on ne le lui demande.

Die aufrecht stehende Straußenfeder an ihrem Hut schwankte leicht.

La plume d'autruche dressée sur son chapeau oscillait légèrement.

Diese Straußenfeder hatte Herrn Samsa schon immer geärgert.

Cette plume d'autruche avait toujours agacé M. Samsa.

„Also, was wollen Sie dann?", fragte Frau Samsa bestimmt.

« Alors, que voulez-vous ? » demanda Mme Samsa, d'un ton ferme.

Das Dienstmädchen hatte nach wie vor großen Respekt vor Frau Samsa.

La bonne avait encore beaucoup de respect pour Mme Samsa.

„Ja", antwortete sie und lachte freundlich auf.

« Oui », répondit-elle, et elle éclata d'un rire amical.

Einen Moment lang unterbrach sie ihr Lachen und sie verstummte.

Un instant, son rire l'empêcha de parler.

„Um das Ding nebenan brauchst du dir keine Sorgen zu machen."

« Tu n'as pas à t'inquiéter pour ce qui se passe chez le voisin. »

„Ich habe bereits dafür gesorgt, wie wir es loswerden."

« J'ai déjà prévu comment nous allons nous en débarrasser. »

Frau Samsa und Grete schrieben ihre Briefe weiter.

Mme Samsa et Grete continuèrent à écrire leurs lettres.

Herr Samsa bemerkte jedoch, dass das Dienstmädchen noch nicht fertig war.

Mais M. Samsa remarqua que la bonne n'avait pas encore terminé.

Nun wollte sie alles genauer beschreiben.

Elle voulait maintenant tout décrire plus en détail.

**Doch er streckte die Hand aus, um ihre
Annäherungsversuche zurückzuweisen.**

Mais il tendit la main pour repousser ses avances.

Sie erkannte, dass sie an ihren Plänen kein Interesse hatten.

Elle s'est rendu compte qu'ils n'étaient pas intéressés par ses
projets.

**Und dann erinnerte sie sich an die große Eile, in der sie
gewesen war.**

Et puis elle se souvint de la grande précipitation dans laquelle
elle avait été.

**„Dann tschüss", sagte sie, sichtlich beleidigt über das
mangelnde Interesse.**

« Ciao alors », dit-elle, insultée par ce manque d'intérêt.

**Bevor sie ging, knallte sie die Tür jedoch mit einem lauten
Knall zu.**

Mais avant de partir, elle a claqué la porte très fort.

„Sie wird heute Abend entlassen", sagte Herr Samsa.

« Elle sera licenciée ce soir », a déclaré M. Samsa.

**Seine Frau und seine Tochter hatten jedoch keine Zeit, ihm
zu antworten.**

Mais sa femme et sa fille étaient trop occupées pour lui
répondre.

**Weil das Dienstmädchen ihren gerade erst gewonnenen
Frieden gestört hatte.**

Parce que la bonne avait troublé leur paix nouvellement
acquise.

**Die Mutter und die Tochter standen auf und gingen zum
Fenster.**

La mère et la fille se levèrent pour aller à la fenêtre.

Und so blieben sie mit den Armen umeinander liegen.

Et, enlacés, ils restèrent là.

**Herr Samsa drehte sich in seinem Stuhl um, um sie
anzusehen.**

M. Samsa se tourna sur sa chaise pour les regarder.

**Und eine Weile lang beobachtete er sie schweigend, wie sie
dort standen.**

Et pendant un moment, il les observa en silence, immobiles là.

Schließlich rief er ihnen zu: „Willst du zu mir kommen?"

Finalement, il leur cria : « Viendrez-vous à moi ? »

„Vergessen wir doch einfach all den alten Kram."

«Oublions tout ça, d'accord ?»

"Komm her und schenk mir ein wenig deiner Aufmerksamkeit."

«Viens à moi et accorde-moi un peu d'attention.»

Die beiden Frauen taten, wie er gesagt hatte, und eilten zu ihm hinüber.

Les deux femmes firent ce qu'il leur avait dit et se précipitèrent vers lui.

Sie umarmten ihn herzlich und küssten ihn.

Ils lui ont fait une accolade affectueuse et l'ont embrassé.

Sie kehrten schnell zurück, um ihre Briefe fertig zu schreiben.

Ils retournèrent rapidement pour terminer la rédaction de leurs lettres.

Dann verließen alle drei gemeinsam die Wohnung.

Puis, tous les trois, ils quittèrent l'appartement ensemble.

Sie waren seit Monaten nicht mehr zusammen aus dem Haus gegangen.

Ils n'étaient pas sortis ensemble depuis des mois.

Und sie fuhren mit der Straßenbahn an den Stadtrand.

Et ils prirent le tramway jusqu'à la périphérie de la ville.

Sie hatten den gesamten Waggon der Straßenbahn für sich allein.

Ils avaient toute la rame du tramway pour eux seuls.

Von draußen strömte Sonnenschein durch das Fenster.

La lumière du soleil inondait la pièce par la fenêtre.

Die Familie lehnte sich bequem in ihren Sitzen zurück.

La famille se cala confortablement dans ses sièges.

Und sie besprachen die Aussichten für ihre Zukunft.

Et ils ont discuté de leurs perspectives d'avenir.

Bei näherer Betrachtung waren ihre Aussichten gar nicht so schlecht.

À y regarder de plus près, leurs perspectives n'étaient pas mauvaises.

Alle drei hatten Jobs mit dem Potenzial, mehr zu verdienen.
Tous les trois occupaient des emplois qui leur permettraient de gagner davantage.
Sie hatten einander nie nach ihrer Arbeit gefragt.
Ils ne s'étaient jamais interrogés l'un sur l'autre concernant leur travail.
Doch nun hatten sie endlich Zeit, solche Dinge zu besprechen.
Mais maintenant, ils avaient enfin le temps de discuter de ces choses-là.
Sie hatten auch die Möglichkeit, in eine kleinere Wohnung umzuziehen.
Ils avaient également la possibilité de déménager dans un appartement plus petit.
Dies hätte den größten Einfluss auf ihr Leben.
Cela aurait le plus grand impact sur leur vie.
Ihre jetzige Wohnung hatte Gregor ausgesucht.
Leur appartement actuel avait été choisi par Gregor.
Aber jetzt könnten sie in eine günstigere Gegend ziehen.
Mais maintenant, ils pourraient déménager dans un endroit plus abordable.
Eine kleinere Wohnung, aber eine praktischere.
Un appartement plus petit, mais dans un endroit plus pratique.
Das Gespräch über die Zukunft machte Grete wieder lebendiger.
Parler de l'avenir a redonné vie à Grete.
Herr und Frau Samsa bemerkten auch andere Veränderungen an ihr.
Monsieur et Madame Samsa ont également remarqué d'autres changements chez elle.
Ihre Wangen waren vor lauter Sorgen ganz blass geworden.
Ses joues étaient devenues pâles à cause de tous ses soucis.
Doch ihre Tochter entwickelte sich inzwischen zu einer feinen jungen Dame.
Mais à présent, leur fille s'épanouissait et devenait une femme remarquable.

Sie war mittlerweile wirklich eine wohlproportionierte und hübsche junge Frau.

C'était vraiment une belle et jolie jeune femme, maintenant.

Ihre Eltern wurden still und bewunderten ihre Tochter.

Ses parents se turent et admirèrent leur fille.

Sie wechselten Blicke und kommunizierten unbewusst.

Ils échangèrent un regard, communiquant inconsciemment.

„Es wird bald an der Zeit sein, einen guten Mann für sie zu finden.“

« Il sera bientôt temps de lui trouver un homme bien. »

Die Straßenbahn hatte ihr Ziel erreicht und bremste ab.

Le tramway était arrivé à destination et avait ralenti.

Ihre Tochter schien ihre neuen Träume zu bestätigen.

Leur fille semblait confirmer leurs nouveaux rêves.

Sie war die Erste, die aufstand und ihren jungen Körper streckte.

Elle fut la première à se lever et à étirer son jeune corps.